転生貴族がSSSな宝島を楽園開拓！
～女だらけのこの場所で第二の人生はじめます!?～
愛内なの
Nano Aiuchi
illust:218
KiNG novels
JN081657

世話好きなお姉さん
エリシエ

元気な島の娘
シーラ
大陸の貴族令嬢
リズベット・フーシェ

「わたしも、あぅ……♥
もう、こんなに」
「ルーカス、んっ♥
そのガチガチになったの、
早く挿れて♪」
「わ、わたくしに
挿れてもいいですわよ」

転生貴族がSSSな宝島を楽園開拓！

～女だらけのこの場所で第二の人生はじめます⁉～

愛内なの
illust：218

KiNG novels

転生貴族がSSSな宝島を楽園開拓!

contents

プロローグ　楽園のような宝島

美女たちに囲まれ、男として求められるハーレム生活。

そんなものはただの憧れ、夢想であって、異世界ですら叶えるのは難しい。

現代日本から転生してきた俺は、そう思っていた。

貴族に生まれはしたものの、ここは平和な世界であるために一夫一妻制で、貞淑が良しとされる社会だった。

生活には困らないけれど、なったく色のない世界。

そう……思っていた。

けれど……。

探険船が難破してこの島に流れ着いてから、俺の生活は一変したのだった。

そう。奇跡は起こったのだ。夢ではなかったのだ！

「ルーカス、ほら、こっち」

「ああ……」

真っ先に俺に声をかけてきたのは、エリシエ。

浜に流れ着いた俺を介抱して、その後の面倒まで見てくれた女性だ。

それだけでも感謝だが、きれいな金色の髪に整った顔立ち、そしてなにより爆乳の美女だった。

やさしいお姉さんという印象の彼女が、露出度の高い格好で俺を誘っている。

「ルーカスお兄ちゃん、早くっ」

次ぎに元気に声をかけてきたのはシーラ。

サイドポニーの似合う、いつも活発な美少女だ。

俺のことをお兄ちゃんと慕ってくれる少女だが、同時に女としても俺を誘ってくる。

元気で人懐っこい様子はともすれば少し幼くも見えるものの、それを裏切るように大きなおっぱいを揺らしている。

そしてここで、さらにもうひとり。

「わたくしが脱がして差し上げますわ」

そう言ってこちらへ来て、俺の服に大胆に手を掛けたのはリズベット。

赤い髪をした、美貌のお嬢様だ。

彼女は俺と同じ王国の貴族令嬢で、同じようにこの島に流れ着いたのだった。

深窓の令嬢だったため、最初はこういったことには疎かったのだが、今ではすっかりとえっちな女の子になっている。

「ほら、ルーカスのここは、もう期待してますわよ？」

「本当だ。お兄ちゃんのおちんちん、こんなに逞しくなってる♪」

リズベットが脱がすと、シーラもすぐにこちらへと寄ってくる。

そしてふたりが、俺の肉棒へとかがみ込んできた。

「両側から舐めてあげるね」

「それではさっそく、れろっ」

「うおっ……」

左右から、リズベットとシーラが俺の肉竿へと舌を伸ばし、軽く舐めてくる。

温かな舌が這い、気持ち良さを伝えてくる。

その刺激はもちろんのこと、美女ふたりがぺろぺろと肉棒を舐めている光景が、俺をより興奮させていった。

「もう、ふたりとも……」

少し呆れたような声を出して、エリシエが近づいて来た。

彼女は四つん這いのままでこちらへと這い寄るので、そのたわわな胸の谷間がぶるんと揺れて、俺にアピールしてきている。

もちろん、それも狙いなのだろう。このポーズで重力に引かれると、乳房の魅力は何倍にもアップする。

彼女は俺のエロい視線を受けると、軽く手でおっぱいを持ち上げてきた。

むにゅっと形を変えながら強調される爆乳。

それは男なら必ず目を奪われてしまうものだろう。

「れろっ、ぺろっ……」

「ちろっ、れろぉ……」

そちらへ視線を奪われた俺の意識を引き戻すかのように、ふたりが舌を伸ばして、熱心に肉棒へと奉仕していく。

美女ふたりが両側から舌を伸ばして、根元や幹をためらいなく舐め回してくれるのは最高だ。

「れろっ……ん、ルーカスのおちんぽ、舐めがいがありますわね」

「ちゅるっ、ぺろっ……ずっとでも、ふたりで舐めていられるもんね」

そう言いながら、彼女たちは幹を横から唇で挟み、そのまま上下へと動き出した。

「う、あぁ……」

ふたりがかりで俺のチンポを挟んで、キスしているような状態のまま唇でしごいてくるのだ。

気持ち良さだけでなく、その光景のエロさが引き立っている行為だ。

「それじゃ私も、あむっ♪」

「あうっ……」

近づいてきたエリシエが、そのまま口を開けて先端を咥えこんできた。

「れろっ……ちゅぷっ……」

温かな口内に包まれた亀頭を、エリシエの舌が舐め回してくる。

さらに彼女は小さく頭を動かして、敏感な部分を小刻みに責めてくるのだった。

三人の美女にチンポをしゃぶられる快楽に、俺はなすすべなく高められていく。

「れろっ、ちゅっ……こうやって三人でいっしょに責めるのも、新鮮でいいよね」

「そうですわね。いつもよりかわいらしいルーカスが見られますし」

「ちゅっつ、れろっ……それにルーカスも、嬉しいでしょ？」

「ああ……三人同時っていうのは、なかなか体験できないしな……」

俺が流れ着いたこの島は、女性だらけの楽園だった。

男は俺だけということもあって、美熟女の村長からも、できればたくさんの女性と寝てほしい、と言われていた。

実際、唯一の男なのでえっちの誘いは絶えずあり、俺はこの島で様々な美女たちとの性生活を楽しんでいたのだ。

そうはいっても、複数人でいっしょにというのはやはり珍しい。

だからこうして三人同時にご奉仕されるというのは、特別感があった。

「ちゅぷっ……お兄ちゃんが喜んでくれるなら、いつだって三人でするよ？」

「そうですわね……まあ、一対一でも、もちろんしてもらいますけれど。れろっ……」

「うん。ひとりでもみんなでも、いっぱいしようね。ちゅぅっ……♥」

「う、あぁ……」

美女たちからの、男冥利に尽きるお誘い。

その最中にも彼女たちは肉棒をしゃぶり、俺に射精を促しているのだ。

「あむっ、ちゅっ……ルーカスの先っぽから、我慢汁が出てきたね……」

「れろっ……んむっ……あふっ♥　それじゃ、そろそろ？」

「そうですわね……れろっ、名残惜しいですが……んっ♥　わたくしも疼いてきていますし……ちゅっ♥」

今日はこうして、三人を相手にしているのだ。

口でのご奉仕もとてもいいが、ここで出してしまうより、彼女たちの中で果てたい。

同様に、彼女たちも自らの中に注いでほしいと思っているのだろう。

三人はペニスから口を離すと、こちらを誘惑するような仕草で服をはだけさせて、ベッドの上で四つん這いになった。

「ルーカス、んっ♥　そのガチガチになったおちんちん、早く挿れて♪」

「わたしも、あぅ……♥　もう、こんなに」

「わ、わたくしに挿れてもいいですわよ」

三人の美女がそう言いながら、ベッドの上に四つん這いになって、こちらへとお尻を突き出している。

赤裸々にさらされている三人の蜜壺が、肉棒を求めて愛液をこぼしていた。

ひとりだけでもすごいのに、三人とも俺を求めてくれている。

その豪華な状態に、オスとしてこれ以上ないほど昂ぶってしまうのだった。

「ね、ほら、私のここ、もうこんなに、んっ♥」

エリシエがアピールするように、自らの割れ目をくぱぁっと押し広げる。

濡れ濡れの内側がいやらしくひくついて、こちらを誘っていた。

「ん、あぁっ……わたしも、んっ♥」

「わたくしだって、ん、あぁっ♥」

それに習うように、ほかのふたりも俺へとアピールを始める。

俺はその光景にすっかり見とれてしまった。

三人もの美女に同時に求められるなんて、普通ならあり得ないことだ。

けれど今、目の前にそんな夢の光景が現れている。

彼女たちは準備万端のおまんこをこちらへと見せつけ、挿入をねだっている。

俺はまず、真っ先にアピールしてきたエリシエへと近づいていった。

「あんっ♥」

そしてその丸いお尻を掴むと、蜜をこぼしている膣口へと、先ほどの三人からの奉仕で限界まで猛っている肉棒をあてがった。

「ん、あぅっ……」

くちゅりといやらしい音が響き、互いの体液が合わさった。

俺はそのまま腰を進め、エリシエの膣内へと肉棒を挿入していく。

「んぁ、あぁ……ルーカスのおちんちんが、んっ、入ってきてる……♥」

ねっとりと潤った膣内に包み込まれて、気持ち良さが溢れてくる。

俺は腰を動かし始め、その膣内を往復していった。

「んはっ、あうっ♥　おちんちん、私の中で動いて、んぅっ♥」

蠢動する膣襞と擦れ合いながら、互いの快楽を高めていく。

「うぅ……お兄ちゃん……」

「見せつけられるというのも、なかなか刺激的ですわね……」

エリシエの左右にいるふたりは、待ちきれないかのような声を出してきた。

「確かに、このままじゃふたりを待たせるだけだしな……」

俺は四つん這いのままのシーラとリズベットへ、手を伸ばしていった。

それぞれのおまんこへ指を這わせ、濡れたそこを刺激していく。

「んぅっ♥　あっ♥　お兄ちゃん、んぅっ」

「ルーカスの指が、んぅっ、あぁ……♥」

「んぁっ♥　あっ、くぅっ、んぁっ……！」

エリシエの膣内をチンポでかき回しながら、ふたりのおまんこを指で愛撫していく。

「あんっ♥　あっ、んぁ、ルーカス、んくぅっ！」

手を離したこともあってやや不安定になった腰振りに、エリシエのほうが合わせてくれている。

彼女は腰を器用に動かしながら、その膣襞で肉棒をしっかりと咥え込んでいた。

「んぁ、お兄ちゃん、あっ♥　そこ、んぅっ……！」

狭い膣内をいじっていると、シーラがあられもない声をあげていく。

「あふっ♥　あ、あぁぁ……指なのに、気持ち良く、んぁ、あぁっ……！」

そして反対では、リズベットも嬌声をあげて身悶えていた。

チンポと両手で、美女三人を感じさせている。

その満足感が俺の本能をさらに滾らせていった。

「あぅっ……ん、あぁ……」

「んくぅっ♥　あぅ、んっ」

くちゅくちゅとふたりのおまんこをいじっているのだが、その反応も少しずつ違う。

身体自体小さなシーラの膣内は、何度交わってもまだまだ限界があり、キツく絡みついてくる。

リズベットのほうは膣襞がなめらかに動き、指に吸いついてくるようだった。

そんなふたりのおまんこを指先で感じながらも、肉棒はエリシエの蜜壺にがっちりと咥え込まれている。

「んぁ、あ、んぅっ！　お兄ちゃん、あ、あぁ……！」

「ルーカス、そこを、んぁ、引っかけるようにいじるの、ダメですわっ♥」

「あふっ、ん、あぁ……ルーカスのおちんちん、奥を突いてきて、んぁっ！」

三人の嬌声を聞きながら、俺も快楽に飲まれていく。

指先でふたりの膣内をいじっていると、亀頭から受ける刺激も敏感になって、エリシエの中をいつも以上に感じられるような気がした。

ねっとりと肉棒を包んで蠢く膣襞の動きが、細かくわかる気がするのだ。

そしてなにより、三人の極上の美女を同時に抱いているというシチュエーションが、俺の興奮を煽っていくのだった。

「あふっ、ルーカスのおちんちん、いつもより激しいっ……♥」

「ああ……エリシエがお尻を振ってくれるおかげもあるけどな」

不安定なぶん必死に腰を動かすエリシエだが、そのおかげでより気持ちいいところに当たっているのだろう。

彼女の興奮はそのまま膣襞のうねりとなって、俺にも伝わってくる。

そして俺の興奮は腰使いと指先にも現れ、彼女たちに伝わっていくのだ。

「んぅっ♥ あ、ああっ……！」

「お兄ちゃんっ、指、ん、あぁぁっ！」

射精感が増していくにつれて、俺の指も激しく動いていき、それがシーラとリズベットを高めていった。

「ぐっ、エリシエ、そろそろ出そうだ……」

「うんっ♥ あ、んぁっ、私も、もうイキそうっ……♥ んぁ、ああっ」

彼女の言葉を聞いて、俺はラストスパートに向けて腰の動きをはげしくしていく。

そうなると当然、指先もぐちゅぐちゅとふたりのおまんこをかき回していくことになった。

「あっあっ♥ お兄ちゃん、んぅっ、そこ、あっ、くるっ！ んぁ、ああっ！」

「ひうっ♥ ルーカス、あ、わたくしも、イってしまいますわっ……！ んぁ、あ、ああっ、んぅっ、あうっ……！」

「あふっ、ん、あぅっ……ルーカス、んうぅっ、あっあっ♥ 奥まで、んぁ、イクッ、んぁ、あふっ、んくうっ♥」

三人の嬌声が重なり、高まっていく。

「ぐっ、あ、俺も、出るっ……！」

美女三人とのセックスで、俺ももう耐えきれず精液が駆け上ってくるのを感じた。

「んぁっ、ああっ、あぁ、もう、ん、あぁぁっ♥　イクッ、イクイクッ！」

「う、っ……」

「「「イックゥゥウウウッ！」」」

どびゅっ、びゅるるるっ！

そして俺たちは、四人同時に絶頂を迎えた。

俺はエリシエの膣内に、ドクドクと精液を放っていく。

「あふっ♥　んぁ、あぁ……熱いの、いっぱい出てるっ……♥」

肉棒が跳ねながら吐精し、彼女の中をいっぱいに埋めていく。

「あふっ♥　んぁ、あぁ……」

中出し精液を受けて、エリシエがうっとりと声をあげる。

敏感になった先端への刺激をこらえ、ぬるぬるの膣口からずるりと引き抜くと、混じり合った体液がとろりと太股を垂れていく。

「ん、うぅっ……♥」

エリシエは腰が抜けたように姿勢を崩し、そのままベッドへと倒れ込む。

俺も射精直後で心地よい虚脱感を味わっていると、シーラとリズベットが近づいてくるのだった。

「ね、お兄ちゃん」

「おちんぽ、まだ元気でしょ？」

ふたりはそう言って、両側から俺の肉棒へと手を伸ばしてきた。

「ほら、ぐちゅぐちゅのおちんちん、こうやってしごくと……」

「すぐにまた硬くなってくるよね？」

「う、あぁ……」

ふたりの手が体液まみれの肉竿をしごいて、もう一度、とおねだりをしてくる。

くちゅくちゅといやらしい音を立てながら手コキされると、出したばかりだというのに肉棒が硬さを増してきた。

「あっ、おちんちん、また大きくなってきてる」

「これでもう一度できますわね♥」

ふたりは嬉しそうに言うと、硬くなった肉棒から手を離した。

「ね、お兄ちゃん」

「次はどっちに挿れますの？」

そう言って、今度はふたりが仰向けになり、足を開いた。

そして自らの指で、くぱぁっとおまんこを開いてみせる。

先ほど指でイッているふたりのそこは、もう愛液を溢れさせて、肉棒を待ちわびているのがわかった。

「お兄ちゃん、きて……♥」

「わたくしも、はやくほしいですわ……」

そんなふうに誘ってくるふたりが、熱っぽく俺を見てくる。

どちらを選んでも気持ちいいのは間違いないし、もちろん全員に中出しするよう要求されるのだろう。

こいしていつも、俺は幸せな悲鳴をあげることになるのだった。

美女たちに底なしに愛される、ハーレム生活。

この島に来たからこその幸せだ。

あらためてその幸運を感じながら、俺と彼女たちの夜は、まだまだ続いていくのだった。

第一章　女性だけの島に漂着してみたら

波の音が響く船上。

周囲は一面の海で、どちらを見ても水平線が見渡せた。

反面、すでに陸地からは遠く離れている。

現代人からすれば古めかしい帆船は、けれど立派でロマン溢れるモノだ。

と言っても、こちらではロマンのためなどではなく、純粋に最高クラスの船なのだが。

俺――ルーカス・ハミルトンはそんな船の甲板から海を眺めていた。

こうして海上にいると、前世――転生前の、現代人だった頃――とそう変わらない景色であるようにも思える。

実際は、飛行機や他の船などが存在しないため違うのだろうが、とくに海とは縁がなかった現代人としては、その辺りのことは広大な海洋の前に掻き消されてしまう。

陸地にいたころのファンタジー感溢れる街並みよりは、よほど現代に近い光景だと言えた。

「ルーカス様、ご気分はいかがですか？」

俺に声をかけてきたのは、この船の船長だ。

大柄でがっしりとした海の男、といった風貌で、その実力も一級品ながら、船乗りらしい荒さはなく、船上では部外者である俺にも丁寧に接してくれる。

「ああ、おかげさまで最高だ。この先も頼む」

「ええ。しっかりとお宝を見つけて帰りましょう」

彼は明るい笑みを浮かべて、そう言った。

船上では部外者——お客さんの俺だが、同時にスポンサーの息子という立場でもある。

この船は現在、ハミルトン家に伝わる宝の地図を元に、その捜索を行っているのだ。

かつてハミルトン家が立場を危うくしたときに、隠された財宝があると言い伝えられている。

家が権力を取り戻してからは、後継者ではない者が、その捜索を行うのがハミルトン家の習わしだった。そう、つまりは隠したまま行方不明なのだ。

実際のところはもう、宝がどうしても必要というわけではない。

もちろん、あって困ることはないものの、過去の権勢を取り戻し、それ以上にさえ発展した今のハミルトン家にとって、かつての宝はそこまで意味を持つものではない。

この捜索にだって、結構なコストがかかっているのだ。

一度で回収できるならばともかく、何代にもわたって欲するようなものではない。

けれど宝の捜索という行為は、いろいろと便利ではあった。

なにせ、それらしい使命と一応の栄誉を次男以下の者たちに与えることで、後継者争いの類《たぐ》いを回避することができるのだ。

貴族にとって、後継者問題はいつだって頭を悩ませるものだ。

貴族家の数は決まっているし、かといって子が一人ではいざというときに困る。

けれど、ある程度貴族らしく育てた非後継者が野心を出しても厄介だ。

貴族でなくなる。なにも持たず、ただの民衆へと落ちていく、というのは貴族として育った者にとってそうやすやすと受け入れられるものではない。

高位の貴族家になればなおさらで、後継者争いの悪い例は枚挙にいとまがない。

貴族とはいつだって、内部で争って崩壊していくものである。

そんな中で、ハミルトン家の財宝は実に有益だった。

後継者ではない者を海への長旅に出し、貴族社会から遠ざける。

それによって継承権はほぼ失われるが、ハミルトン家のために危険を冒したという栄誉を得ることができる。

旅に出てしまえば実質的には貴族でなくなるものの、それでもハミルトン家自体が大きな力を持つこともあり、その扱いは下級貴族よりはずっとましだった。

領地や実務的な力は持たなくとも、貴族にとって重要な名誉や尊厳は維持できる。

むしろ金だけ持っていても、所詮は成金だと見くびられるのがこの世界での貴族社会だ。

そんなわけで、ハミルトン家の財宝探しは代々に渡って、大いに役立っているのだった。

俺、ルーカスもそんなハミルトン家の次男坊であり、こうして例に漏れず財宝探しの旅に出ることになった……というわけだった。

俺は海を眺めながら、すがすがしい気分になる。

今でこそルーカス・ハミルトンとして生きている俺だが、元々はしがない現代人だ。

この世界には、転生してきた。

技術こそ遅れているが、貴族の暮らしはファンタジーな世界とは思えないほど快適だったし、決して悪いものではなかった。

けれど、元々平凡な現代人だった俺にとっては、様々な作法やお約束、勢力争いや面子といった貴族らしい生き方はやはり難しく感じた。

どうしても窮屈なのだ。

豪華な暮らしの代償といえばそうなのだが、俺としてはこの第二の人生を、ほどほどの生活でのんびりと暮らしたい。

それに貴族として生きるということは、家名を背負い、その家のルールの中に生きるということでもある。

結婚はもちろん家同士のバランスで決定されるし、その影響もあってか、俺が転生した国では貴族は一夫一妻制だった。妾を持ったり不倫したりはスキャンダルであり好ましくない、といった感じだ。

婚前交渉ももってのほか、という倫理観なのだ。

まあ、貴族以外の庶民なら多少のお遊びは許されるけれど。

なので、元々日本人の俺にとってはさほど変わらないといえば変わらないのだが、せっかくの異世界だ。そんなしがらみさえなければ、いろいろ遊んでみたいと思っていたのも事実。

そういう点でも、貴族でなくなったほうが都合がいい。

「んー……いい潮風だ」

海を眺めながら、ぐっと伸びをする。

探索隊の象徴として乗っているだけの俺は、これといって仕事もない。

ただのんびりとした船旅を楽しむだけだ。

宝はといえば、何代も見つかっていないのだから、それほど期待もされていない。

そして一定期間の奉公が終われば、俺は貴族ではなくなり、市井に下ることになる。

それでも、そのことに不安はなかった。

転生のとき、俺には『開発促進』というチート能力が与えられていたからだ。

これは簡単にいうと、努力などの過程をすっ飛ばして結果を得るスキルだ。

本を手にするだけで内容を知ったり、木に触れるだけで薪にしたりと、様々なことに使える強力なスキルだった。

これを開示すれば貴族社会で成り上がることも可能だったと思う。

だが先ほどの理由の通り、俺は貴族として成功する気はなかったので、これまでさほど活かすことなく、平凡な次男坊として暮らしていたのだった。

平民になって苦境に陥ったときは、このスキルを使って乗り切っていけるように頑張ろう。

だからこの船旅は、俺にとってのターニングポイントだ。

ハミルトン家に伝わる地図の写しを、そっと撫でる。

本当なら、この危険もありうる船旅なしで貴族を辞めたかったのだが、それはかなり不審に映ってしまうため、できなかった。理由もなしに平民になりたがる者はいない。

「まあ、それももう少しのことだ」

これまで、何代にもわたって成功しなかった宝探し。今回もきっと、地図に記された付近の海域をぐるりと周っても「見つからなかった」となるのだろう。

もし見つかったら……いや、そんな都合のいいことはないだろう。

それに見つけてしまったら、俺はむしろ功績を認められ、どこか高位の貴族家に婿《むこ》に行くことになりそうだし。それでは、困る。遊ぶことができない。

まあ、そんなことはないだろうけどな。

そんなことを考えつつ、俺はのんびりとした船旅を楽しんでいたのだった。


「ルーカス様、大丈夫ですか！」

「ああ、こっちは平気だ」

そんなのどかな船旅だったが、突然に海が荒れ出した。何でも、急に天候が変わったらしい。

船はこれまでにないほど上下に揺れ始め、何かに掴まっていないと立っているのも難しい。

外からは雷雨の音が聞こえ、それに掻き消されながらも船員たちが緊急対応している音が聞こえる。

船長が指示を飛ばす怒声が、落雷の合間に鳴り響いている。

そんな状況のため、貴族でありスポンサーである俺のお守りにひとりよこされた、というわけだ。

彼によると、本来あり得えないほどの変わりようで、まったく予測できなかったらしい。

十分に船員としての経験がある彼ですら、初めてのことだというのだった。

「船長もかなり焦ってるみたいですね……あ、いえ、大丈夫です。船長ならこういう修羅場も乗り切れますから」

「ありがとう」

俺を勇気づけるための言葉にお礼を言う。

しかし彼の様子から、これがかなりまずい状況だというのがわかった。

船長があれほど焦っているということからも、難しい状態なのだろう。

「手は足りそうなのか？　もし人手がいるなら、君もそっちへ向かってくれ。俺では役に立てないだろうが、ひとりで掴まっているくらいはできる」

「ああ……確かに、手は多いほうが……でも大丈夫ですか？」

「ああ。船になにかあったら、それこそ元も子もないからな。頼む」

俺が言うと、彼は力強く頷いた。

「わかりました。では行ってきます」

そう言って動き出した彼に、俺はこっそり『開発促進』の力を使っておいた。

既に経験値の高そうな彼にはあまり効果がないかもしれないが、マイナスにはならないだろう。

船員が勢いよく嵐の中に飛び出していく。

船は激しく揺れ続け、俺はほんとうに、船室の中で掴まっていることしかできなかった。

雷雨は衰えを知らず、船長たちの声も次第に掻き消されていく。

揺れがエスカレートし、俺は必死にしがみついていた。

ずいぶん、まずいみたいだな。

とはいえ、ド素人の俺が行っても邪魔になるだけだ。

そして一段と激しい揺れの後、船が傾いたのがわかった。

「これは……！」

それと同時に、船室に水が流れ込んでくる。

俺は咄嗟に、自らの生存能力に『開発促進』を行った。

流れ込んでくる水を避けるようにして、船内を移動していく。

激流が瞬く間に船を飲み込んでいき、くるぶし程度しかない水に足を取られそうになった。

勢いよく流れる水は、想定した以上に危険だ。

泳げはするものの、これはどうしようもないかもしれない……。

俺は水に飲まれながら、そう感じたのだった。

船室にはどんどんと水が溢れ、俺は酸素を求めて脱出する。

荒れた海は激しく波立ち、顔を上げても水が迫ってきた。

波に呑まれ、海に揺られ、どこかへと流されていく。

やがてどちらが上かもわからなくなり、俺はただ、届くはずもない陸を目指してもがき続けるだけだった。

荒れた海に翻弄されるまま、為す術なく流されていく。

そして――――。

●

「う……あ……」

ぼんやりと意識が浮上してくる。

俺は……。

「あ、目が覚めましたか？」

驚きながらも、こちらに気を遣ったような、小さめの声。

まだはっきりとは視界に像を結べないまま、そちらへと目を動かす。

焦点が合ってくると、とてもきれいな女性がこちらを覗き込んできた。

流れるような金色の髪に、優しげな瞳。

そんな彼女が、心配そうな顔でこちらを見ている。

誰なのだろう……。

「ここは……」

尋ねる俺の声は、しわがれていた。

目の前の彼女は、安心させるように笑みを浮かべる。

「ここは私のおうちです。もう大丈夫ですよ」

「俺は……」

そこで、記憶がよみがえってくる。

俺は嵐の中、海でもがいていて……。

「あなたは、浜辺に倒れていたんですよ。お水、飲めそうですか？」

そう言って彼女は俺に背を向けると、水を入れて戻ってきた。

「薄めだけど、果汁を入れてあるの。少しは栄養になると思って」

「ありがとう……」

言いながらコップを受け取り、ゆっくりと水を飲む。

ほのかな甘みと共に水分が染み渡り、だんだんと身体の感覚が戻ってきた。

「ありがとうございます」

再度お礼を言うと、彼女は優しげな笑みを浮かべる。

「お身体はどうですか？　お腹が減ってるとか、どこか痛いとかがなければ、もう少し休んでいたほうがいいかもしれません」

「ああ……ありがとうございます」

俺はまたお礼を言った。

今のところ身体に不調はない。

生存力を強化してあったのが幸いだったのだろう。

それと、この女性に早めに見つけてもらえ、介抱してもらったのも幸運だった。

「ここは一体……」

俺が尋ねると、彼女はゆっくりと落ち着いた声で言った。

「ここはタカラ島というところです。時折、あなたみたいに海に投げ出された人が流れ着く、小さな島なんですよ」

「そうなんですか……」

「だからこうして、遭難者を助けてお世話するのも当たり前になっているんです。だから安心して、休んで下さいね」

「ありがとうございます」

そこで、俺はまず自分がルーカスという名だということと、彼女の言うとおり船が難破して海へ落ちたのだということを話した。

「私はエリシエっていうの、よろしくね」

彼女はきれいな笑みを浮かべながら、そう言った。

「眠れそうなら、ひとまず休んでね。元気になったらあらためて、ここのことを説明するから」

そう言って、彼女は優しくこちらを撫でてきた。

その手は柔らかく、なんだか安心する。

まだ体力が回復しきっていないためか、俺はそのまま、まどろみに落ちていくのだった。

●

「う、あぁ……」

目を覚ました俺は、上半身を起こして軽く伸びをする。

身体が小さく音を立てながら、動き出すのを感じた。

彼女の介抱のおかげか、漂流したとは思えないほど健康だった。

「おはようございます」

「ああ、おはようございます」

すでに隣にいた彼女に、軽く挨拶をする。

そしてそこで、俺は少し驚いた。昨日はまだ意識が朦朧としていたので、彼女の顔を見てきれいだと思っただけだったが、あらためて見るとずいぶんと変わっている。

まずはその恰好だ。彼女の衣服は布面積がとても小さく、きわどいものだったのだ。

ひらひらときれいに装飾こそされているものの、並の下着よりも覆われている部分が少なくて扇情的だった。

特に目を惹く爆乳がしっかりとは覆われておらず、下や横からちらちらと、柔らかそうなおっぱいが覗いているというのがとてもエロい。

起きぬけでなくても、それだけで男の部分が反応してしまいそうな姿だ。

「お体、もう大丈夫ですか？」

彼女は少し屈みながら訊いてくる。

胸を覆う布が揺れて、きわどいところが見えそうになってしまった。

俺の視線は当然、そこに引き寄せられてしまう。

「あ、ああ……ええ、ありがとうございます」

なんとかそのたわわな果実から目をそらして答えると、彼女は柔らかな笑みを浮かべた。

「助けてもらったおかげで、なんともなさそうです」

「それはよかったです」

そして彼女は、こちらを落ち着かせるような柔らかな声で言った。

「ルーカス、貴方がたどり着いたこの島なのだけれど……」

と、彼女はこちらを見て、少し考えた顔をする。

「あ、ルーカスは少なくとも、しばらくはこの島でいっしょに暮らすことになるし、これからは普通に話すね。いいかな？」

「ああ、わかった」

どうやらこれまでの丁寧な話し方は、彼女にとっては慣れないことだったようだ。

俺が頷くと、彼女は少しリラックスしたような様子で続けた。

「それでこの島なんだけどね、基本的に島の中だけで生活が成り立ってるから、島外とは交流がないんだ」

「そうなのか」

まあこの世界では、海を渡るのはまだまだリスクがある。島内だけで生活が成り立つなら、わざわざ外に出ないのかもしれない。

「だからルーカスが帰るにしても、かなり時間がかかると思うんだ。こういうことは、最初に言っておいたほうがいいと思って」

「ああ、ありがとう。そのほうが気分的にも楽だよ」

「あ、でも、流れてくる人を助けるのは島のみんなも慣れているし、ここで暮らす間の心配は全然いらないわよ」

そう言った彼女は、笑顔で続ける。

「ルーカスの面倒は、全部私が見てあげる♪　快適に過ごせるようにするから、できればずっとここにいてほしいな」

「あ、ありがとう……」

楽しそうに言うエリシエだったが、いきなり流れてきた俺を助けてくれただけでなく、面倒を全部見てくれるとまでになると、なにか理由があるのだろうかと勘ぐってしまう。

特に、ずっといてほしい、というのがなかなか不思議だった。

俺が貴族だということになにかで気付いたのなら、謝礼目当てだということで理解もできるのだが、それにはまず俺を家に帰す必要がある。島にいてほしいというのは奇妙だ。

彼女はとても魅力的だったけれど、だからこそ俺のような流れ者をいきなり家に置くというのも、不自然ではある。

「あ、そうだった」

と、そんな俺の様子に気付いたわけではないだろうが、彼女が付け加える。

「ごめんなさい。嬉しさのあまり、いちばん大事なことを言い忘れてたわ」

そして彼女は、驚くべきことを口にした。

「この島にはね、女性しかいないの。だから今、ルーカスは唯一の男性なんだ。できればずっとここにいてほしい、というのはそういうことなの」

「え？　それってどういう？」

俺は首を傾げる。急な話に頭がついていかない。

俺しか男がいないだって？

それでどうやって、島の生活は成り立っているのだろう。

「あとで、島の中を少し案内するね。昨日は言い忘れてたけど、外に出る前にこれだけは言っておかないとと思って」

彼女は柔らかく笑みを浮かべて、続けた。

「多分、みんながルーカスに興味津々だろうけれど、男の人が珍しいだけだからあまり怖がらないでほしいの」

「あ、ああ……」

「今だって本当は、みんなあなたに会いたがってるんだけどね。本調子じゃないからって、見つけた特権で私だけがルーカスの前に現れてるの」

「そうなのか……」

どうにもまだ、よく状況がつかめていない俺は曖昧に頷く。

「とりあえず、お腹へってない？　最初だからおかゆだけど、用意するね」

「あ、ああ。ありがとう。何から何まで」

俺が言うと、彼女は心から嬉しそうに言った。

「いいの。ルーカスにはここでの暮らしを楽しんでもらいたいから♪」

そう言った彼女は、台所へと向かったのだった。


「大丈夫？　私が食べさせてあげよっか？」

「いや、自分でできるから。ありがとう」

エリシエのような美女に食べさせてもらうのは普通なら魅力的な提案だったが、差し出されるスプーンよりおっぱいの谷間に目がいってしまいそうだし、味もわからなくなる危険がある。

彼女が言うとおり、この島が外部との交流を持っていないのだとすれば、海を渡れるような船は持っていないだろうし、そうなれば容易には帰れないだろう。

そもそも、生活だってこの島の様子次第ということになるが、俺はどうしても帰らなければいけないわけではない。

再び危険な海に出るくらいなら、エリシエの提案どおり、この島でずっと暮らすのもいいと思っていた。

「いただきます」

そんなことを思いながら、出されたおかゆを口へと運ぶ。

おかゆ、と言っているが、元日本人である俺が思うような米ではなく、パンがゆのようなものだった。

主食がパンなのは、大陸でもこの島でも同じらしい。

おかゆは、ほぼシンプルな塩sでの味付けだ。

内陸部では高価な塩も、海が近いここでは日常使いできる調味料なのだろう。

「じゃあ、食べながら聞いてね。さっきも言ったけれどこの島は女ばかりだから、男性であるルーカスには、ぜひにも住んでほしいの」

「それなんだけど……女性だけ、ってどうやって成り立ってるんだ？」

一世代目は別にいいとして、女性だけでは次の世代が生まれないだろう。

「そうなの、だからこそルーカスにはいてほしいの」

「それは、まあわかる、かな」

産めよ増やせよ……のためには男女が必要なわけで。

今この島に女性しかいないというのなら、男であるというだけで俺に残ってほしいというのも納得だった。

けれどこれまではどうだったんだ？　そこが知りたいわけで。

「この島はね、潮の関係なのか、それなりに人が流れ着くの。基本的にみんな、そうしてこの島に来て、そのまま暮らしているんだ」

「そうなのか……」

不思議な話だったが、実際、俺もそうやって流れ着いたのだから、そういうものだと思うしかないのだろう。

「でもなぜか、みんな女の人なんだ。ルーカスが初めての男の人なの。あ、私が知っている範囲ではってことだから、大昔のことはわからないけれど」

「ああ、そういうことなのか」

増えない分の人口は、流れ着く人で補っている、と。そういえば彼女は最初にも、この島は漂流者を助けるのに慣れている、というようなことを言っていた気もする。

かなり不思議な話だ。でもまあ、俺自身ここに来る前に転生なんて経験をしているくらいだし、大体の不思議は「そういうこともあるのかもあなぁ」と受け入れるようになっていた。

それに、エリシエの格好にも少し納得がいった。

彼女のような美人がこんな刺激的な格好でいたら眼福過ぎるというか、襲われでもしそうなものだが、男がいないなら関係ないというわけだ。

それ以前に、文化の違いとかもあるかもしれないけれど。孤島なんだし。

前世の世界にも、日本以外にだったら、普段は服を着ない人たちもいたしな。

俺にとっては扇情的すぎるエリシエの格好も、こちらでは普通なのかもしれない。

「今日はどうする？　まだおうちで休んでるほうがいい？　それとも、少しでも島を見てまわるほうが安心出来るかな？」

「せっかくだし、島の風景を見せてもらおうかな」

まだ、この家の中しか知らないし。

というか、彼女に目を奪われすぎていて、家の中すらろくに見ていなかったな。

「そう。じゃあ、食べ終わったら出かけてみようか。あっ、繰り返しになっちゃうけど、みんなから見られてもあまり気にしないであげてね。男の人って珍しいから。貴重ってこともあって、危害を加えられることはないから安心してね」

「ああ」

そこで彼女はぐっと拳を握った。

「えっちな意味での襲われちゃうほうも、ちゃんと私が守るから！」

「あ、ああ……」

そうか……。男が少ないとなると、そういうのも逆になるのか。

なんだか実感がない。でもエリシエみたいな美女に襲われるなら、それはそれでとても楽しそうというか、是非ともという感じだけどな。

などと邪なことを考えてしまうのだった。

●

エリシエといっしょに、家を出る。

林の一部を整備して、そこに家を建てているようだった。

ある程度のスペースをおいて、いくつか家が建っているのが見える。

それなりに広い範囲が居住用の地区になっており、この島にはある程度の人口がいるようだ。

けれど、町というよりは村という印象だった。

自然が豊だからかもしれないし、基本的に素朴な木造の家が多いからかもしれない。

これまで過ごしてきたのは貴族の屋敷で、ある程度華美であることが求められていたからな。

前世でログハウスに旅行へ行ったときのことを思い出す感じで、すこしワクワクした。

それに、思い込みかもしれないけれど、自然が多くて空気が美味しい。

「もう少し向こうには、畑もあるの。でも、人も多いし……とりあえずは浜辺のほうを見ておきましょうか？」

「ああ、そうだな」

と、歩き出したところで、視線を感じた。

感じたというか……少し離れたところを歩いていた女性が、思いっきりこちらを見ていた。

そして村を歩いている人たちは誰もが、俺を見つけるとちらちらと、あるいはじっと見つめてくるのだった。

その視線には、とくに不快なものは感じない。

興味津々という雰囲気だ。前世でいうと、街で見かけた有名人に声をかけようか迷っているとか、驚いて戸惑っているとか、そういうような視線だった。

前世ではモテなくて視線に慣れていなかった俺だが、ハミルトン家の次男に転生したことで、社交界で注目されることは多かった。そう言った視線に、とくに狼狽えたりはしない。

むしろ、嫉妬とか黒い感情が交じっていないことに安心するぐらいだ。

いや、見られること自体はいいけれど、やっぱり落ち着かないかもしれない。

なにせ彼女たちはきれいな子が多く、しかも格好が大胆なのだ。

女の子同士なら気にならないのかもしれないけれど、男である俺にとっては刺激が強い。

女性に関しては貴族社会の貞淑な習わしのせいもあって、前世から合わせても経験をまるでつめていない。

露出が多く、その瑞々しい肌を惜しげもなくさらし、きわどいところまで見えてしまっている美女に囲まれるのは、眼福である反面、とても意識してしまう。

挨拶をしたほうがいいのだろうかと思うものの、彼女たちは離れたところから見てくるだけで、声をかけられるほどには近づいてこない。

「あはは……やっぱりみんな、注目してるね。でも、ルーカスに集まってこないようには言ってあるから」

「ああ、そうだったのか」

彼女たちはしっかりとそれを守って、俺の負担にならないよう自重しているのか。

助けてくれたことといい、この島の人たちは良い人が多いのかもしれないな。

まあ中にはかなり熱っぽい視線もあって、気になってしまうのだけれど。

もちろん、悪い気はしない。

「これから浜辺のほうへ行くけど、前に言ったように、船はないの。近海を回る用の小さいのはあるけどね」

そのまま、俺はエリシエについて浜辺のほうへと歩いて行った。

緩やかな下り坂の林を抜けていくと、石を積んで作った低めの塀があり、その向こうが浜辺になっている。

浜辺は広く、今は波も穏やかだった。

「この浜辺は、いろんなものも流れ着いてくるの」

「そうなんだ」

「うん、潮の流れなのかな。そのおかげで、島の中じゃ手に入らないようなものが、時々手に入るんだ」

確かに、島の中だけでは工業製品などは手に入りにくいだろう。

たとえ壊れていても漂着物があれば、俺の『開発促進』で直せるものもあるかもしれないな。

「あの辺りに、漁のための船が繋いであるの」

彼女が指さす先にはちょっとした栈橋があって、そこに数隻の小舟が止められている。

俺が乗っていたような帆船ではなく、現代だと自然公園にあるボートとかのほうが近いようなサイズだ。

「専門技術があれば違うんだろうけれど、ここには遠洋に出るためのノウハウがないから、基本的に近場で漁をするの」

「ああ……まあ、俺も操船技術はないからな……」

しかしたしかに、風を読んだり方角を確かめたりといった、様々な能力がないと船で遠くへいくのは無謀だろう。

しかしこの島に流れ着くものを組み合わせて、動力とスクリューをつけられるならば、コンパスだけで帰り着くことも可能なのかもしれない。

現代でもモーター付きのボートなら、それなりに簡単に操作を覚えられるし、素人でもけっこうな距離を進めるようだし。

まあ、落ち着いたらそれも考えてみるべきなのかもしれない。

エリシエによくしてもらっているから麻痺しているけれど、俺は遭難中なんだよなぁ。

帰りたい理由があるわけでもないため、さほど切実ではない。

ただ、このまま何もせずにお世話になり続けるわけにはいかないだろう。

「まあこんな感じで、あまり見るところはないかな。のんびりとしたところだよ」

「ああ、ありがとう」

俺たちは浜辺を見たあと、ひとまずエリシエの家に戻ることにしたのだった。

その最中もやっぱり色々と視線を感じていたけれど、本当にみんな女性ばかりだ。

あらためて、ここには女の人しかいないんだな、と感じた。

しかしなんというか、ほんとうにみんな大胆な格好なので目のやり場に困るというか。

しかも、そんな刺激的な格好で誘うような視線を向けてくる人もいるから……こちらとしても、ちょっとその気になってしまう。

いやいや。まだ流れ着いてきて、歩き回れるようになっただけなのだから、そんなことを考えている場合ではない。

ないのだが……。

「ん？　なにか気になることでもあったの？」

「いや……」

隣を歩く美女のエリシエだって、胸が全部見えてしまいそうだ。

下もとても布が少ない、エロい格好をしているわけで。

どうしても男として、卑猥なことを考えてしまうのは仕方ないことなのだった。

●

彼女の家に帰ると、エリシエがお茶を淹れてくれた。

「お茶まであるのはすごいな……」

厳密には違うのだろうが、元の世界での紅茶みたいなお茶だ。

島の中で茶葉まで生産できるというのはすごい。

「ルーカスの住んでいたところは、お茶が珍しかったの？」

「ああ。珍しいというか、手には入ったけど高かったな」

「そうなんだ」

少し驚いたようにエリシエが言った。

「こっちでは違うんだ？」

「うん。お茶畑も奥にあるからね」

「へえ……それはいいな」

元々日本人だった身としては、茶葉があるというのは地味に嬉しいところだ。

なくても困りはしないが、あったら嬉しい、という感じ。

なにげに、そういうものの詰み重ねが快適度に関わってくる。

というのを、転生してからの生活で学んだ。

のんびりとお茶を飲みながら、俺は考える。

さてさて、この先はどうするか。

今はエリシエにお世話になっているが、いつまでもそうというわけにはいかないだろう。

とはいえ、他と交流のないこの島では、ホテルのような場所もないだろうし。

そもそも、王国の硬貨も使えないだろう。

そのことを彼女に尋ねてみると、エリシエは頷いた。

「そうね。そもそもここは、お金でやりとりするってことがないし」

「なるほど……」

共同体、という感じなのだろう。

ある程度の分担はあるものの、困ったときは皆で助け合う、という訳だ。

貴族だった俺としてはあまり馴染みがない生活ではあるが、この島に流れ着いて助けられている身だ。何かしらで俺も役に立てればいい、とは思っている。

そういう意味では、単に船で上陸したのではなく、流れ着いたというのはよかったのかもしれないな。漂流者だからこそエリシアとも知り合い、島の生活にも自然と入ることが出来た。

それがここでの、外国人の当たり前の流れなんだろう。

「ルーカスは、なんとかなるまでうちにいていいわよ」

「しかし助けてもらった上、お世話になりっぱなしというのもな……」

「困ってるときはお互い様だし、私はルーカスがいてくれて嬉しいもの」

俺が楽になるように、そう言ってくれるエリシエ。

やはり彼女は良い人だ。

「それにルーカスがここでずっと暮らしてくれるなら、それこそ仲間だしね」

「ああ……」

まだ決めたわけではないため、俺は曖昧に答える。

しかし確かに、ここでこのまま暮らすというのも悪くなさそうだし、現実的ではあるよな。

上手いこと彼女に誘導されている気もするが……まあ、美女にそう誘われると抵抗できないのも男の性《さが》なわけで。

帰らなきゃいけないわけでもないしな、と思う俺は、もう大分彼女に流されているのだった。

そんな彼女に勧められて、俺は風呂へと入ることになった。

ちゃんとした風呂まであるなんてすごいな……。この世界での庶民としては驚きだ。

ここは本当に、いろいろと生活レベルが高い。

独立してやっていけるのもうなずけるほど、資源などに恵まれているみたいだ。

俺はますます、こちらで過ごすほうがいいのではと思えてしまうのだった。

俺はまず、お湯で身体を濡らしていく。

一応、拾い上げられた後に身体は拭いてくれていたようなのだが、全身くまなくとはいかなかったと思う。お湯を浴びると、すごくさっぱりとした。

「ふぅ……」

そんなふうにひと心地ついていると、後ろのドアが開く。

「ルーカス、大丈夫？」

「え、エリシエ!?　うわっ！」

聞こえてきた声に振り向くと、そこにはタオルを巻いただけのエリシエがいて、びっくりしてしまう。いや、露出度自体はむしろさっきより下がっているのだけれど、お風呂場でタオル一枚となると、また別の趣《おもむき》があるのだ。

「まだ本調子じゃないでしょう？　だから身体を洗ってあげようと思って」

「そ、そうか……」

恥ずかしさはもちろんあるのだが、それ以上に、エリシエのような美女と入浴、というところに抗えない魅力を感じてしまう。

結果、俺は曖昧に言葉を濁して、それを受け入れることになるのだった。

「ルーカスはそのまま前を向いててね。ん、しょっ」

彼女は俺の後ろで動き始める。

まずは石鹸を泡立てているのだろう。

さすがに鏡はないため、その姿を確認することはできない。しかし……。

自分のすぐ後ろにバスタオル一枚のエリシエがいるのだと思うと、ドキドキしてしまう。

そうしていると、彼女の手が俺の背中へと触れてきた。

「それじゃ、洗っていくね」

泡だらけの手が、俺の背中を撫でていく。それは気持ち良くもくすぐったいものだった。

そんな優しい彼女の手によって、俺の背中はすぐに泡まみれになっていく。

「ん、しょっ……。こうやって背中を洗っていると、やっぱり、ルーカスは男の人なんだなぁって感じがするね」

そう言いながら、彼女は背中全体に大きく手を動かしていった。

「背中、すごく広いの。他の子とは違うなぁ……」

エリシエの言葉につい、彼女と他の女の子が洗いっこしている姿を想像してしまって、妄想が膨らんでしまう。

「それに、ちょっとごつごつしてる感じ……身体を拭いたときにも思ったんだけど、こうして見るとなんだか……」

「どうかしたのか……？」

彼女の言葉に尋ねてみると、すぐに慌てたような声が返ってくる。

「ううん、なんでもないの」

そう言いながら、彼女は背中を洗い終える。

「はい、これで大丈夫。じゃ、次は腕、洗ってくね？」

そう言ったエリシエが、俺の腕をなで回してくる。

「んしょっ……腕も違うもんね。こうやって洗ってると、それがすごくわかりやすいね」

「確かに、触れられてるエリシエの手も、俺とは違うもんな」

「うん。ほら、こんなに大きさも違うし」

彼女は俺の手に自らの手を合わせる。

そしてそのまま、指を絡めてきた。

「あぅ……洗いやすいかと思ったけど、このつなぎ方、ちょうっとドキドキしちゃうね」

「あ、ああ……」

俺としては、エリシエに身体を洗われている時点で大分ドキドキしているのだが、彼女の感覚はちょっとずれているみたいだった。

男が他にいないから、まだまだ好奇心のほうが強いのかもしれない。

「それじゃ、次は前にいくね」

「ま、前……？」

それはいろいろとまずいのでは、と俺が言うより先に、彼女の手が胸板へと伸びてくる。

さすがに、下のほうに回ってくることはないのか、と安心したのもつかの間。

むにゅんっ、と柔らかな感触が俺の背中に当たる。

「うっ……」

その正体は、一瞬でわかる。

柔らかな女の子の身体でも、一番に柔らかなところ。

ずっと俺の目を奪っていた、エリシエの爆乳おっぱいだ。

巨乳なため、手を前に回すために近づくと、自然と触れてしまうのだろう。それに……。

「あの……エリシエ？」

「うん？　どうしたの？」

「いや……」

背中越しの柔らかなおっぱい。それはタオル越しとは思えない、しっとりとした肌に思えた。

タオルを外して、直接おっぱいを押し当てているのか……？

「うっ……」

それを意識した途端、男としての生理現象が始まってしまう。

この状況で勃たないほうが、男じゃないだろう。俺のそこはぐんぐんと膨らみ、屹立してしまう。

彼女からは見えないだろうが、少しのぞき込めばすぐにばれてしまう。

「胸板も全然違うね……。なんだか、すごく新鮮。それにお腹も……」

彼女の手がするすると下に降りてくる。

そして腹筋の辺りを撫で、へそを軽くいじってきた。

「おへそはあまり変わらないね。きゃっ」

「うっ……」

そんな彼女の手がさらに下がろうとしたところで、反り返っている肉棒に触れた。

「あれ、これは……？」

「エリシエ……！」

彼女は確かめるように、俺の肉棒をにぎにぎと両手で握ってきた。

そんな場所を彼女のような美女に触られて、気持ち良くないはずがない。

「あ、ごめんね。これは……あっ……」

そう言って不思議そうにのぞき込んだ彼女は、自らが握っている男の象徴を目にする。

「あっ、こ、これ……」

「うぅっ……」

驚いたためか彼女が軽く手を動かしてきて、さらに気持ち良くなる。

「これが男の人の……」

「エリシエ、そこは」

「う、うん。ここはちゃんと、気をつけて洗っていくね」

「いや、うぁっ……」

彼女の手が肉棒をなで回して泡まみれにしていく。

ぬるぬるとした美女の手で擦られて、俺はその気持ち良さに腰を引こうとする。

「ね、これって、おちんちん、勃ってるんだよね……？」

「ああ……」

彼女の問い掛けに、俺は素直に頷いた。言葉責め……かと一瞬思ったものの、この島には男がいないと言っていたし、純粋に初めてなのだろう。

「そうなんだ……これが……」

彼女は興味津々と言った様子で、肉棒を握った手を動かしてくる。

「あ、そうだ。男の子って、大きくなっちゃうと、出すまですっきりしないんだよね？」

「あ、ああ……」

経験がなくても、知識はあるらしい。

むしろ同性ばかりだから、そういう話が盛んなのかもしれないな。

「それじゃ、私がすっきりさせてあげるね……♪」

どことなく楽しそうな声で言ったエリシエが、前へと回ってきた。

「おぅっ……」

お風呂ということもあって、当然のように裸だったエリシエ。すでにタオルはどこにもない。

その姿を目の当たりにして、思わず声が出てしまう。

初めての勃起に集中している彼女だったが、俺のほうもその爆乳に夢中だ。

そんな俺の視線に気付いているのかいないのか、彼女はあらためて肉竿を握ると、そのままいじり始めるのだった
「こうすると、気持ちいいんだよね？　上下に、しこしこーって」

エリシエの手が肉棒を掴み、ぎこちなくしごいてくる。その手淫はつたないものだったが、彼女のような美女に触れられているだけで、とても気持ちがよかった。

「男の人のおちんちんって、こんなに硬いものなんだね。それに血管も浮いてて……すごくえっちなかたち」

彼女の手がきゅっきゅっと、形状を確かめるように肉竿を握ってくる。

「うっ……」

「先っぽのほうは、ちょっとぷにぷにしてるね……♪」

亀頭をいじる彼女が、楽しそうに愛撫を続けていく。

「あっ、先っぽから何か出てきた……」

そして指先で、鈴口を軽くくすぐってきた。

細い指先が、敏感なところを撫でて快感を送り込んでくる。

「エリシエ、うっ……」

「気持ち良くなってるんだね。うわぁ……」

彼女は俺の肉棒を見ようと、身を乗り出してくる。

するとおっぱいがさらに強調されるような格好になり、俺の目を惹きつけてくるのだった。

優しいエリシエが、こんなにも魅力的なおっぱいを見せつけながら手コキをしてくれている。

「これ、我慢汁ってやつだよね。透明で、ねとっとしてて……♥」

彼女はうっとりと言いながら、片手で根元をしごき、もう片方の手で先端を責めてくる。

「ん、しょっ……ああ、すごいなぁ……これが男の子のおちんちんなんだ……♥」

「そんなに擦られると……」

だんだんと愛撫に慣れてきたエリシエの手が、肉竿をしごいて追い詰めてくる。

「あふっ……硬いおちんちん……触ってるだけで、私もえっちな気分になってきちゃう……」

耳元で興奮気味に言われ、俺はますます追い詰められてしまった。

「エリシエ、もう、うっ……」

「あっ、出そうなの？　いいよ……私の手で気持ち良くなって、いっぱい出してね」

そう言いながら、彼女は射精の瞬間を見ようとして顔を近づけてくる。

きれいな顔がすぐ側で、俺の肉棒を眺めているのだ。興奮しないはずがない。

「はぁ……あぁ……♥　ルーカス、んっ……うぅ……」

彼女の声もどんどんエロくなってくる。

それを意識すると、俺も興奮した。エリシエも、耳元で甘い吐息を漏らし続けている。

「う、出るっ……！」

びゅくっ、びゅるるるるっ！

俺は、彼女の手コキで気持ち良く射精した。

「あっ、すごいっ♥　ん、おちんちんが、びくんびくん跳ねながら精液出してるっ……♥　あぁ……

これが、男の子の……」

どろっとした精液が噴き出し、彼女の顔と胸を汚していった。

とろりとした白濁が彼女の顔を伝い、胸へと落ちていく。なんてエロい光景なんだろうか……。

「これが……ん、もししちゃったら、私の中にも……♥」

「エリシエ、今いじられるとっ……」

顔や胸に精液がかかっているにもかかわらず、彼女は嬉しそうな様子で射精直後の敏感な場所を容赦なく責めてくる。

「あっ、出したばかりは、男の人は感じすぎちゃうんだっけ？　大丈夫？」

「あ、ああ……」

彼女は労るように言いながら、それでもまだ優しく肉棒を責めてくる。

「強くすると痛い」という程度に捉えているのかもしれない。

甘やかな責めがもどかしい気持ち良さを送り込んできて、俺はまた肉棒を跳ねさせてしまう。

「わぁ……男の子って不思議だね……こんなふうに感じちゃうんだ……♥」

彼女はうっとりと言いながら、ようやく肉棒から手を離してくれた。

「あっ、それじゃあ、あとはお湯でゆっくり温まってね？　すぐに出たりしたらダメだよ？」

「あ、ああ……」

答えると、彼女がいそいそと俺から離れて風呂場を出て行こうとした。

反射的に振り向くと、何も隠していない彼女のお尻が見えてしまい、慌てて目をそらす。

大事なところは見えなかったけれど、その白いお尻がぷりんっと揺れる光景は、それだけでも刺激的だった。

「うぅ……出したばかりでよかったかもしれないな……」

彼女が去ったあとで、俺は小さく呟く。あんな格好を見せられたら、つい襲ってしまいかねない。出してすっきりした後だからこそ、ちゃんと理性が持ったのだ。

「しかし……」

エリシエの、ぎこちなくも楽しそうな手コキは、とても気持ちがよかった。女の子の手ということもあったのだろうけれど、単純な気持ち良さ以上の幸福感みたいなものがあったのだ。

俺は心を落ち着かせるためにも、ゆっくりとお湯に浸かって温まってから、風呂を上がることにしたのだった。

●

俺が風呂から浴室から出ると、入れ替わりにエリシエがお風呂へと向かって行った。

その顔は少し赤かったので、やはりちょっとは恥ずかしさがあったのかもしれない。

男がいないと聞いてはいたけれど、エリシエのような美女があそこまで初心だというのは、ものすごくそそるものがある。

それに……。不慣れながらも積極的で、ものすごくエロかった。

これも長い間、男がいない環境で過ごしていたからこそなのだろう。

考えてみれば、俺は現在この島で唯一の男なわけで。

これからも、もしかしたらいろんなことが起こってしまうのかもしれない。

町を歩いていたときの視線にしても、男がいないためか、なんだか肉食系っぽいものも多かったみたいだし。

エリシエだって、いきなりあんなことをしてくれたくらいだしな……。優しくてエッチな美女とか、最高すぎる。

俺はもう、遭難中だなんてことよりも、エリシエとの行為に思いを馳せてしまうのだった。

船もなく、航海技術もないから帰れないのだし、島外との交流がない以上、外から迎えが来ることを期待するのも現実的じゃない。そうなれば、もう気持ちを切り替えてここで暮らしていくことを考えたほうがいいな、とあらためて思うのだった。

まあ、もちろんそんなことを思うのは、エリシエの存在が大きいわけだが。

今、お風呂に入っている彼女。

「うっ、まずいな……」

ゆっくり温まったぶん回復してしまったので、また欲望が膨らみ始めている。

俺は頭を振って、邪な考えを追い出していくのだった。

●

一足早く目を覚ましたエリシエは、隣で寝ているルーカスの寝顔を眺めた。

(眠っているときは、男の人ってなんだかかわいいな……)

初めて見る男性ということで、ルーカスのことが気になって仕方がない。

最初、流れ着いた彼を見たときは、即座には男性だとわからなかったくらいだ。

それも無理はない。

彼女は幼いころに流れ着き、ずっとこの島で育ったため、知識としてしか男性を知らなかったのだ。女性だらけの環境だからこそ、異性への興味は尽きない。

村にはもちろん、この島に流れ着く前に男性を知っている女性もいる。

そんな女性から話で聞いたり、書物から得たりするだけの男性への知識。

成長するにつれて好奇心はどんどん膨らんでいき、いろいろと妄想もしたものだ。

女性しかいないこの島では、だからこそ男性の話はいつも盛り上がったし、生物としての生存本能が高まっているのか、性欲旺盛な女性も多かった。

優しいお姉さんといった雰囲気のエリシエであっても、それは例外ではない。

ルーカスが流れ着く前から、見たことのない男性というものを妄想して、ひとりですることも多かった。慰める方法は知っていた。

異性へのイメージはかなり曖昧でつたないものだったけれど、エロいことへの知識だけはしっかりと蓄えていたのだ。

そんな中で、流れ着いてきたルーカス。

漂着者が男性だという話を聞いて、島中が色めき立った。けれど、だからこそ村長は村のみんなに話をして、彼に女性たちが群がることのないよう指示したのだった。

やっと現れた男性だ。色に飢えた女たちにいきなり囲まれたら、きっと怯えてしまうだろう。

それはこの島の誰にとっても得策ではない。

女だけの島でいろいろと開放的に、積極的になっていた女性たち自身の気持ちや渇望はもちろんのこと、村として考えても、彼には期待せざるを得なかった。

そのため、まずはエリシエだけが一対一で相手をして、彼との関係を築いていく、ということになっていたのだった。

そのために、なるべく個人的な欲望は抑えていたエリシエだったが……。

(あぅ……思い出しただけで、疼いちゃう……♥)

最初は本当にただの好意で、まだ彼は本調子じゃないだろうからと背中を流しに行っただけだったのだ。

けれど、自分たちとは違う広い背中や、がっしりとした肩。そういった男性らしさを意識してしまうと、途端にメスとしての本能が顔を出してきてしまった。

裸の男がすぐ側にいて、しかも勘違いでなければ、助けたこともあってか自分に好意的な印象を持っている。そう思うと、ついつい大胆になってしまった。

（で、でも……ルーカスも喜んでくれてたし……）

男の人が勃起をするのは、えっちな気分になったときだと聞いていた。

ルーカスもまた、自分といっしょにいて、えっちな気分になってしまったのだろう。

（うぅ……ん……）

その証拠でもある、大きくなった男の人のおちんちん。

それを思い出すと、エリシエのお腹の奥が、きゅんっと疼いた。

（すごく大きくて、硬くて、熱くて……あれが、私の中に入ってくるモノなんだ……）

エリシエはそれを妄想してしまう。

これまでずっと、年頃になっても男と触れ合うことのなかった処女なのだ。

それでいて、興味だけはあって知識をいろいろと仕入れてきたむっつりである。

それが実際にルーカスに触れて、彼も気持ち良くなってくれて……。

（我慢、できなくなっちゃう……♥）

これまで空想でしか満たせなかった女の本能が、実物の男を前にして暴走しつつあるのを感じていた。

セックスをしたい、という欲望が溢れてくる。

じわり、と蜜がしみ出してくるのがはっきりとわかった。

このままオナニーをしてしまいたい。いや、寝ている彼を襲ってしまいたい。

そんなふうに湧き上がる欲望をぐっと堪えて、彼女は一度立ち上がる。

けれどやはり気になってしまい、彼のほうへと目を向けた。

「あっ……」

そして、気付いてしまう。彼の股間が、もっこりと膨らんでいることに。

(あの中に、おちんちんが……)

「……んっ」

思わず唾を飲み込んでしまうが、そんなはしたない欲望をなんとか振り払って、エリシエは朝食の準備をすることにした。

●

「おはよう、ルーカス」

「ああ、おはよう」

目を覚ますと、先に起きていたエリシエに挨拶をされる。

こうして、すぐ近くに顔を寄せる美女に起こされるのは、なんだかとても新鮮だ。

前世はひとり暮らしだった。貴族の屋敷にいた頃も、時間になれば使用人がドアの向こうから控えめにノックと声をかける程度だったからな。

女性と暮らしている感じというのはなんだかくすぐったくて、嬉しいのだが、なんだか慣れない。

そうこうしているうちに彼女が朝食を用意してくれて、いっしょに食べる。

なにからなにまでお世話になりっぱなしだ。朝食はパンとスープ、そしてフルーツだった。パンはファンタジー的な硬いものではなく、そのまま食べられる柔らかなものだった。この辺りもまた、この島が過ごしやすい場所だと感じる一因だろう。

「ルーカスが元気になってよかったよ」

「ああ、エリシエに助けてもらったおかげだな」

流れ着いたのがこの島でよかったと思う。

「そこでさ。俺、この島で本格的に暮らしていこうと思うんだけど、まずはどうしたらいいかな」

俺が尋ねると、エリシエは嬉しそうに笑みを浮かべた。

「本当!? ここに住んでくれるのね……。うーん、このまま、私の家で暮らしてくれてもいいんだけど、村長のところに言って暮らしたいって話せば、家が用意してもらえると思うわ。住民はみんなそうしてるし」

「そうなのか……。それじゃあ、後で案内してもらっていいか？」

「うん。村長もルーカスのことは特に気になっていたし、すぐにでも会えると思うわ。男の人が来てくれて、みんな嬉しいもの」

「そうか……」

まあ、確かに流れ着く人だけとなると人口的な問題もあるし、この先のことを考えるといいのかもな。

それとは別に、昨日の視線とかからはもっとストレートな欲望を感じる部分もあったけれど。

まあ、それはそれで、俺としても悪い気分ではない。

なにせ初のモテ期って訳だからな。

しかもこの島なら、貴族的なしがらみもないのだ。それに……。

俺は昨夜、風呂場でエリシエにしてもらったことを思い出して、また欲望を滾らせてしまう。

この島にいれば、そういうこともいろいろとチャンスがあるわけで……。

考えれば考えるほど、このままここで暮らすのが俺にとっては幸せだって気がしてくるな。

露出度が高く、無防備な美女たちばかりの島で、唯一の男として求められる。

根っからの貴族だとか、女性に囲まれるのが嫌だとかいうなら別だが、俺のような普通の男にとっては楽園とすらいえるだろう。

こうしてエリシエと向かい合って、彼女の手料理を食べているだけでも、なんだか幸せ気分になってしまうくらいだしな。

ああ、そこだけは残念だな、と思う。

本格的にここで暮らすなら、いつまでも彼女のお世話になっているわけにはいかない。

それは確かなのだが、こうやっていっしょに過ごせるわけではなくなってしまうのは……。

まあ、けれどそこは自分で頑張るところだろう。

同じ村に住むことになるのだし、これからだってチャンスはあるはずだ。

彼女を狙う男もここにはいないし、そこは少し安心出来る。

なんてことを考えている内に俺たちは食事を終えて、いよいよ村長のところへ向かうことになるのだった。

「やっぱり、ちょっと緊張するな」

「大丈夫ですよ。そんなに堅苦しい人でもないし」

村長って響きがまずな。

俺も貴族の端くれとして様々な人と会うことはあったが、それもなかなか慣れなかったし。

しかもこれまでは、言ってしまえば貴族家の次男である俺のほうが気を遣われる立場だったというのもある。

今回は、流れてきたよそ者として一番偉い人に会いにいくわけだしな……。

と、村へ出ると、やはりあちこちから視線が集まってくるのを感じた。

まあ、それは仕方ないことだろう。

少し目を向けてみると、恥ずかしそうに顔を伏せる人も多かったが、やはり色っぽく誘惑してくる人もいてドキッとしてしまった。

「ルーカス」

「お、おう……」

するとエリシエに袖を引かれて、俺は前に向き直るのだった。

「そういえばルーカスって、大人しい子と積極的な子、どっちが好きなの？」

「ええっ」

急にそんなことを聞かれて、驚きの声をあげた。

「ほ、ほら。ルーカスが、本当は嫌でも頼まれると断れないタイプとかだったら、上手く牽制しないと、ここでの暮らし自体が嫌いになっちゃうかもしれないでしょ？」

「ああ、そういうことか……ありがとう」

「う、ううん、お礼なんて……。私としても、ルーカスにはここで楽しく暮らしてほしいしね」

そう言った彼女は、チラリと上目遣いに俺を見ながら尋ねてきた。

「で、どうなの？　ルーカスは、誘われるまで待っている大人しい子のほうが好み？」

「いや……」

俺は少し考えながら、答える。

「俺自身、駆け引きとか得意なほうじゃないし、好意は示してくれたほうがいい、かな？　それこそ、ここには俺しか男がいないならさ。例えば俺のほうが声をかけたとして、相手だって内心断りたくても、村のため……とか思っちゃうかもしれないしな。意思表示はあったほうがいいよ」

個々人の感情は置いておいて、村としては男を囲っておきたいのは事実だろう。

それを家畜のような財産とみるか、意思を尊重するかって違いは人によってもあるだろうが、必要なのは事実だ。そのあたりの意図も、村長と会って見極めないとな。

「ふうん、そうなんだ。じゃあ、積極的に迫られるのは嫌じゃないの？」

「ああ……」

俺は頷いて、続く言葉を飲み込んだ。

昨日、いきなりお風呂に入ってきたエリシエとか、正直かなりエロいし最高だったよ……なんて言うのは流石にアウトだろう。

彼女は一応、俺を気遣って身体を洗ってくれたのだ。その中でまあ、俺が反応してしまい、彼女も好奇心を刺激されて手コキを……ということはあったけれども。

「そうなんだ。……そっか」

彼女は小さく頷いていた。

考え込むような姿もやっぱり美人だな……と思うと同時に、歩く度に無防備に揺れるおっぱいはやっぱりエロくて、どうしても目を惹く。

そんなふうに話をしている内に村長の家に着き、まずはエリシエが挨拶に入って行った。

家の前で少し待った俺は、エリシエに呼ばれてから村長宅へと入る。

「お邪魔します……」

「ああ、よく来てくれたね」

そう言って俺を出迎えてくれたのは、はきはきとした印象の、キリッとした女性だった。

女性ばかりの村のまとめ役ということもあってか、とても快活そうな人だ。

リーダーとしての貫禄はあるが、俺が村長と言われてイメージするような老人ではなく、美熟女といった感じだった。いや、この世界基準ではともかく、俺としては熟女というよりもかなり若い。

普通に美人のお姉さんといった感じだ。

熟成された女の色気を纏う村長もまた、その魅力にふさわしい格好をしていて眼福だった。

「まずは、無事でよかったね」

「はい。おかげさまで、助かりました」

俺が言うと、彼女は頷いて笑みを浮かべた。

「そして、この村に住んでくれる気になってくれてありがとう。あたしたちは歓迎するよ」

彼女は力強くそう言ったので、俺も安心する。

こちらを威圧するようなこともないし、男だということに敵対的な意識は微塵もない様子だ。

「いや、どうもこの島に流れ着いてくるのは女ばかりでね。男手ってのはとても貴重だから、ありがたいよ」

そう言った彼女は説明を続ける。

「住む家だけど、ちょうどエリシエの家の側に空き家があるから、そこに手を入れて暮らせるようにするよ」

「ありがとうございます」

「まあ、とは言っても流石に今日すぐってには訳にはいかないから、しばらくはエリシエの家に泊まっていってくれ」

「そうそう。それに家が使えるようになってもご近所さんだし、これからもよろしくね」

そう言って、エリシエがこちらに笑顔を向けてくる。

「ああ、こちらこそよろしく」

そして、村長はテンポよく話を進めていった。

「家については、すぐにでも話を通しておくし、ルーカスが住人になってくれたって話もしておくよ。……あ、とはいえ、あまりみんなして質問攻めにしたりしないようには言っておくから、安心してくれ」

「いろいろと、ありがとうございます」

「ま、明日からは、ちょっとくらいは話しかけられるだろうから、そこは覚悟しといてね。こっちの暮らしにも慣れてもらうことになるし」

「はい」

俺も、あまりコミュニケーションが得意とはいえないが、まるで話せないわけではないし。ある程度好意的に来てくれるなら、笑顔で答えるくらいはできるだろう。

「この村……というか島は住民も多くないし、助け合って生きてるから、あんたも困ったときには頼りなね。最初の内は、エリシエかあたしに声をかけてくれればいいからさ」

「本当、ありがとうございます」

「そのかわりって訳じゃないけど、あんたも誰かに助けを求められたら、できるだけ応えてやってほしい」

「はい、もちろんです」

島の人たちのおかげで、難破した船から生還できたのだ。

次は俺も、誰かの役に立てたらいいと思う。

「ありがとう。じゃあ、エリシエ。ひとまず家の件を、伝えてきてくれる？　もう少しルーカスと話したら、そっちに行かせるから」

「わかった。……じゃあルーカス、またあとでね」

「ああ、よろしく。またあとで」

そう言って、エリシエが家を出て行った。

「さて、と」

エリシエが去ったのを確認してから、村長が少しこちらへと身を寄せて、心持ち声を落として尋ねてきた。

「ルーカスに聞いておきたいことがあったんだ」

「なんでしょう？」

「あー、これは決して変な意味じゃないけど、嫌なら嫌って言ってくれていいからね」

そう前置きしてから、村長は言葉を続けた。

「ルーカスは外から来たと思うんだけど……女遊びって慣れてるかい？」

突然の質問に、俺は面食らってしまう。立場が逆ならセクハラだが……変な意味じゃないと言っていたし、別に隠すことでもないので正直に答えることにした。

「いえ。俺が住んでいたところでは、一夫一妻制で、婚前交渉もよくないとされていたので、そういうことは……」

あくまでも、そういう制度だったから縁がなかった……と言ってしまうのは、多分ちょっとした見栄だった。

貴族といえども、メイドさんにお目覚めフェラをされたり、村娘をとっかえひっかえしたり……みたいなことは許されない世界だったのだ。そこはとても無念である。

「ああ、なるほど、そういう国から来たって訳ね。やっぱり、流れ着いた直後だからって言って、みんなを遠ざけてたのは正解だったたってわけか」

「はい。多分、あまり慣れてないので」

「わかった。いきなり多くの女に群がられてルーカスを引かせちゃうようなことがなくて、こっちも良かったよ」

そう言った彼女は、真面目な顔で続ける。

「それなら最初に言っておくけれど、この島では一夫一妻とか婚前交渉がどうとか、そういうのは一切ないから忘れてくれ。最初はちょっと難しいと思うけれど、慣れてくれたら嬉しい」

「はい。そういうのは、割と柔軟なほうだと思うので大丈夫です。強い信仰とかではなく、住んでいた場所の制度というだけなので」

むしろ俺としては、折角の貴族なのだから美女に囲まれたかったくらいだ。でも、あっちで貴族の美女に囲まれても、それは家同士の政治だからなぁ。

「ああ、それはよかった。それじゃ、ちょっとあけすけなんだけど……ルーカスがここでの暮らしに慣れてきて、大丈夫だと思ったら、たくさんの子を愛してあげてほしいんだ。……その、性的な意味でね」

「……なるほど」

あまりにも都合のいい提案に、俺は一瞬詰まってから答える。

「今、この島に男はルーカスしかいないからね。一夫一妻なんてことになったら、人口的にもだけど、心情的にも大変なことになっちまいそうだからね。誰の相手をするかは任せるし、男がまだよくわからずに怖いって子もいるから強引すぎるのも困るけど、極端な話、ルーカスがいい関係を築けるなら、この島の女みんなをあんたの妻にしてもいい」

「な、なるほど……」

あまりのスケールに気圧されながら、俺は頷いた。

想像以上の展開に、胸が弾む。

「厳密には妻とか夫って概念自体がないんだけどね。特に、小さい頃に流れ着いてきた子たちなんかは、男を見るの自体初めてだろうしね。あたしとかルーカス自身みたいに、ある程度成長してから流れてきた者は、外のことも知ってるけどね。その辺は様々って感じだ」

確かに、島に辿り着く理由が漂流だけとなると、年齢もバラバラだろう。

「まあ一応の知識だけは、あたしをはじめ元々外で学んできた者や、流れ着いた書物なんかで得ているんだけどね。知識だけで実物は知らないって女も多いのさ」

彼女は俺を見ながら続ける。

「で、率直な感じ、ルーカスはどの程度積極的なんだい？　もちろん、唯一の男としていろいろと頑張ってもらえるとありがたいが、村長として無理をさせるわけにもいかないからさ」

尋ねられた俺は、また正直に答える。

「相手がどのくらい望んでいるかわからないのと、たくさんの人とちゃんと向き合える自信はないですが……。一対一じゃなくていい、ということはわかりましたし、わりと前向きではあります」

まあ、ハーレムなんて男の夢だしな。しかも、美女ばかりの島だ。

飾らずに言うならば、据え膳ならありがたくいただきたいといったところだ。

「そうか、それはよかった。それじゃルーカスには、期待してるよ」

そう言って快活に笑った彼女は、一瞬考えるようにしてから尋ねてくる。

「ちなみになんだけど、ルーカスは男女の営みってどんなものかは知ってる、よな？　その、コウノトリ的なものじゃないってことは」

そんなふうに尋ねてきたのはセクハラではなく、実際にそういう者がいるからだろう。

それこそ、婚前交渉禁止な地域では、性的なことに疎いなんてことはよくあることだし。

俺だって、前世の知識があるからこそエロいことについて喜んでいるが、思えば今世になってからは、まともに女性には触れていない気がする。

「ええ、もちろん。生殖に関しても知識は」

「ああ、よかった。うん、それなら安心だ。知識だけであまり現実を知らない子とかもいるから、そこは上手くやってくれると助かる」

と、そこで彼女はちょっと妖しい笑みを浮かべて、俺に顔を寄せてきた。

美女にそうされると、まだまだ耐性のない俺は少しどきりとしてしまう。

「経験のない子たちをルーカス好みに染め放題だから、そこも楽しみつつ色事もいっぱい頑張ってみてね」

「は、はい……」

しかも耳元でそんなことを囁かれて、つい意識してしまう。

すると、彼女はすぐに俺から身を離して、また明るい笑みを浮かべた。

「それじゃ、あらためてルーカス、あんたを歓迎するよ。これからよろしくね」

「はい、よろしくお願いします」

俺は挨拶を終えると、村長の家を後にする。

初めてひとりで村を歩きながら、少し考えた。

まさか村長から、たくさん女性を抱いてほしいと言われるなんて……。

しかも、互いの意思を尊重した状態で、だ。

自由恋愛でハーレムを進められるとか、想像よりもすごい展開だった。

これはますます、この島に流れ着いてよかったな。

俺はこれからの生活に大いに期待を膨らませながら、エリシエの家へと向かうのだった。

●

家に戻り、いっしょに夕食をとってそれぞれお風呂に入った後。

後は寝るだけ、という状態のときに、エリシエがこちらへと近づいてきた。

「ね、ルーカス」

「どうした？」

お風呂上がりの彼女は石鹸のいい匂いをさせながら、俺へと近づいてくる。

相変わらず露出の多い格好だし、たわわな胸が揺れるため、どうしても目がいってしまう。

そんな彼女は、俺の隣に来ると、手を重ねてきた。

「昼間に、積極的なのは嫌いじゃない、って言ってたでしょ？」

「あ、ああ……」

少し潤んだ瞳で迫ってきた彼女に、俺は思わず唾を飲み込む。

エリシエのような美女に迫られて、嫌なはずなんてなかった。

「だから、ん、ちょっと勇気を出してみようと思って」

そう言った彼女は、俺の手を軽く撫でてくる。

しなやかな指が手の甲を撫でるのが妙にいやらしい。

「昨日、いっしょにお風呂入ったでしょ……それで……」

彼女は顔を赤くしながら、言葉を続ける。赤らんだ彼女の顔は色っぽかった。

「初めて男の人の身体に触って……その、おちんちんも触って……これまで知識でしか知らなかったそれを触ってたら……」

そう言った彼女が、また俺の手を撫でてくる。

「その、もっと色々『知りたくなっちゃって……。ね、ルーカス」

彼女は潤んだ瞳で俺を見つめてきた。

そして彼女は小さく目を閉じると、軽く唇を突き出してくる。

その姿がキスを求めていることくらい、流石の俺でも分かった。

俺はそっと彼女に口づけをした。

「んっ……ふふっ、キス、しちゃったね」

唇が離れると、エリシエは色っぽい笑みを浮かべる。

完全にスイッチが入っている彼女は、女の顔で俺を見つめた。

そして今度は、彼女のほうからキスをしてくる。

「んっ……ちゅっ……ちゅっ」

触れては離れ、またキスをする。ついばむようなキスを繰り返し、彼女はこちらへと身体を預けてきた。俺は反対に、彼女をベッドへと押し倒す。

「あんっ……」

ゆっくりと倒れ込んだ彼女の、そのたわわな爆乳が揺れる。

思わず目を奪われると、彼女の手が俺の手をその山へと導いていった。

「うわっ……」

「んっ……♥」

ふにょんっと柔らかな乳肉に触れ、思わず声が漏れてしまう。

昨日、背中に当てられていたときも魅惑的だったが、こうして手で触れるとますます柔らかかくて、すっかり虜になってしまう。

俺はそっと力を入れて、そのおっぱいを揉んでみる。

「う、あぁ……♥　私の胸、ルーカスに触られちゃってる……」

彼女はうっとりと言って、俺を見つめてきた。

俺は服越しにその爆乳を堪能していく。

最初は控えめに、段々と揉みほぐしていった。

「あっ……んっ……」

エリシエは微かな声をあげながら、揉まれるままになっている。

魅惑の爆乳が俺の手で形を変えているのだ。

それはとても素晴らしいと同時に、あらたな欲望が湧きあがってくる。

「脱がすぞ……」

「うん……」

俺が言うと、エリシエはこくん、と小さく頷いた。

俺はそのまま、彼女の服を脱がせていく。

元々露出の多い服だ。彼女の魅力的な身体を守る力などなく、あっさりと脱がされてしまう。

「んっ……ルーカス、すっごい見てるね……♥」

「ああ……」

俺は半ば放心状態で頷いた。

それほどまでに、やはり生で見るおっぱいは魅力的だった。

昨日も、一応そのたわわを目にしてはいる。

けれど、お風呂場という、言ってみれば裸でいるのが当たり前の場所ではあった。

混浴で美女がいたとしても、それは運がよかった、眼福だ、というところ止まりだろう。

けれど、今は違う。

ベッドの上で……セックスをするために、おっぱいを見ているのだ。

その興奮は下半身から俺を急かしていくのだった。

「ひゃうんっ♥」

俺は両手で、その生おっぱいを揉んでいく。

むにゅむにゅと柔らかに形を変えていく爆乳。

「んっ……あぁ……」

手に収まるはずもなく、指の隙間からいやらしくはみ出てくる乳肉。

そのエロさ、気持ち良さに夢中になって、俺はおっぱいを揉んでいった。

「あ、あぁ……ルーカスの、男の人の手……んっ……大きくて、全然違うっ……あっ、ん、くぅっ……んぁっ」

エリシエは色っぽい声をあげながら、軽く身悶える。

女の子のエロい声……それは思っていた以上に俺を興奮させていった。

「男の手が違う、ってことは、女の子には触られたことがあるの？」

そう尋ねてみると、彼女はさらに顔を赤くして、軽く背けながら言った。

「その、自分で……ちょっと……」

「ああ……」

俺は頷きながら、少し悪い顔をしていただろう。

「うぅ、いじわるっ……。えっちなこと、お勉強するだけで機会なんてなかったし、ん、仕方ないじゃないっ」

エリシエのオナニーは興味あるが、今はそれ以上に、えっちなエリシエ自身に興奮してしまう。俺は、そんな彼女の胸をさらに堪能していった。

「乳首、立ってきてるね」

そう言いながら、爆乳のうえでぴんと尖った乳首をつまんでいく。

「ひうっ♥ あ、ああっ……そこ、乳首、そんなにくりくりされたらぁ、んぁ……！」

彼女は嬌声を上げて、身体を跳ねさせる。

するとおっぱいがぶるんと揺れて、とてもエロい。

俺はエリシエの乳首を片手でいじりながら、もう片方の手を下へと伸ばしていった。

「んっ♥ あ、あぁ……」

細いお腹を撫で、さらに下へ。

頼りない布に包まれた、その女の子の場所へと。

「んくぅっ♥ あ、ルーカス、そこ、はぁ……♥」

彼女の声は俺を止めるというよりも、もっとしてほしいと誘っているようだった。

俺はその割れ目を布越しになで上げていく。

「んぁ、ああっ……」

布越しでもわかる女の子の割れ目。そこを軽く往復していくと愛液が染み出してくるのがわかる。

「エリシエ……」

俺は彼女に声をかけると、身体ごと下へとずらしていき、両手で最後の布へと手を掛けた。

「あっ♥　あぁ……！」

そしてするすると、女の子の大切な場所を隠す布を下ろしていくのだった。

クロッチの部分が、いやらしい糸を引く。

「あぁ……」

粘性のある愛液が、おまんこからつーっと垂れた。

まだ何も受け入れたことがなく、一本線のまま閉じたおまんこ。

けれど、そこから卑猥な蜜が溢れ出し、もう交尾の準備が整っていることを示していた。

「ひぅっ、あ、あぁ……。私のアソコ、んっ、ルーカスにいっぱい見られちゃってるっ……♥　あ、んぁっ……！」

恥ずかしそうにしながら足を閉じようとするエリシエだが、足の間に身体を入れているため、それもできない。

俺は足を開かせて、女の子の部分に見とれていた。

「やぁ……♥　そんなに、見てばかりいられたら、恥ずかしいっ……」

羞恥に身悶えるエリシエの反応と連動して、その女陰からはまた愛液が溢れてきていた。

「ひぅっ！　あ、んぁっ……♥」

俺は慎重に指を伸ばして、熱い割れ目を撫でていく。

くにっとした恥丘の気持ち良さと、エリシエの大切な場所に触れているという高揚感。

「あ、ん、ルーカス、ん、あふっ……♥」

そして彼女の嬌声が最高だった。

「んぁ、あっ、んあぁっ……！」

俺はそんな声を聞きながら、くぱっと割れ目を押し広げる。

「あぁ……」

熱く潤んだ膣内が、綺麗なピンク色を見せながらヒクついている。

それはとてもエロく、俺を誘っていた。ここが、ペニスを挿れる穴なのだ。

俺はまず、そこにゆっくりと指を差し入れた。

「んぁ、あああっ……♥　ルーカスの指、んっ、中に、あふっ……」

「うわ、すごく狭いな……」

彼女の膣内は初めての異物を押し出すように締めてくる。

指ですらこんな状態なのに、本当に入るのだろうか？

けれど、猛りきった俺のモノは早く入りたいと主張している。

俺は慎重にその膣内で指を動かして、彼女の中をほぐしていった。

「んぁっ♥　あ、ああっ……すごい、あ、あ、あぁ……気持ち、んぁ♥」

彼女は身悶えながら、感じているのがわかった。

未使用で狭くはあっても、やはりチンポを受け入れるための場所なのだ。

俺はしばらくその膣穴をほぐしていくと、いよいよ耐えきれなくなり、自らの服を脱ぎ捨てた。

「あっ……♥　ルーカスのそれ、すごく大きくなってる……♥」

猛りきった肉棒を見て、エリシエがメスの声を出した。

「ああ、挿れるぞ」

「うんっ……♥」

頷く彼女の膣口に、肉棒を押し当てる。

「んぁっ！」

ねっとりとした愛液を塗りつけ、入り口を軽く押し開きながら、ゆっくり前進する。

「んぅっ……ふ、くぅっ……！」

肉竿が少しずつおまんこを割り入って進んでいく。

「あ、んぁ、ふぁっ……！」

指よりも太いモノが処女穴に侵入しているのだ。やがてすぐに、先端が抵抗を受ける。

「いくぞ……」

「うんっ……きてっ……」

彼女の言葉を受けて、俺はぐっと腰を押し入れた、みちみちっと押し広げながら、肉棒が彼女の奥へと入っていく。

「んくうぅっ！　あ、んぁっ……！」

その狭い膣穴に、肉棒が埋まっていった。

十分に濡れていた膣襞が、入ってきた肉棒に絡みついて震えている。

その気持ち良さに、俺は挿入状態のまま腰を止めた。

「んはぁっ、あ、ふっ、すご、んぅっ……♥」

肉棒で貫かれたエリシエが、甘い声をあげる。狭いながらも吸いついてくる膣襞が、なめらかに動いていた。

「んはぁ、あふっ……私の中に、ん、おちんちん、入っちゃってるっ……♥」

彼女は知識でしか知らなかったものを受け入れ、うっとりとした表情を浮かべていた。

「ルーカス。あぁ……すごいの、これ……♥　今、繋がってるんだね♥　私の中に、ルーカスが、んぁ、あぁっ……」

「う、エリシエ、そんなに締めつけられるとっ……」

「あふっ、ん、あぁ……おちんちん、狭すぎてつらい……？　でも、んぁ、私の身体が、ん、自然と喜んで、締めつけちゃうの……」

「あぁ……いや、つらいんじゃなくて、気持ち良くて危ない……」

エリシエの膣内は狭い上に襞が絡みついてきて、油断するとすぐにでも出してしまいそうなくらい気持ちがいい。しかし男として、そんな早くイってしまう訳にはいかない。

「ルーカスも、気持ちいいんだ……♥　あっ、んはぁっ♥」

「うっ……」

その膣内だけでも気持ち良くてやばいのに、俺のモノを受け入れて喜んでいるエリシエが、かわいくもエロくて反則的だった。欲望のまま腰を振ってしまいたくなるような、このままずっと繋がっていたくなるような、相反する欲望が膨らむ。

「あぁ……ん、くぅっ……ルーカス……♥」

彼女はうっとりとこちらを見上げる。その顔はさらなる快楽を求めているようだ。

そんな彼女の期待に応える形で、俺は腰を動かし始めた。

「んっ、あっ、ふぅっ……♥」

腰を動かすのに合わせて、彼女の身体が揺れる。

その揺れに会わせて胸が弾み、大胆に俺を誘った。

「あっ、ふっ、んぁっ♥」

エリシエは嬌声をあげながら、潤んだ瞳でこちらを見上げてくる。

俺はそのエロさ、おまんこの締めつけに促されるまま、ピストンを続けていった。

「んぁっ♥　あぁっ……すごいっ……これが、んぁ、本当の、あふぅっ！　ルーカスっ、ん、ちゅぅっ……♥」

彼女が唇を突き出してくるのでキスをして、また腰を振っていく。

「あぁっ♥　ん、あくぅっ！　おちんちんが、私の中、いっぱい突いてきて、んぁっ！　あっ♥　んはぁっ……！」

つい先程まで処女だったとは思えない程に、彼女は乱れて感じているのがわかった。

この島でずっと男と触れ合うことなく、知識だけがあった分、初めての快感が大きいのかもしれなかった。俺を助けてくれた優しい女性であると同時に、彼女はとてもエッチな女の子なのだろう。

そんなエリシエに、俺はますます惚れ込んでしまう。

「んはぁっ♥　あっ、ん、うぅっ……！」

彼女は嬌声をあげながら、どんどん顔をとろけさせていく。

俺はそれを見て、ますます腰を動かしていった。

「んはぁっ♥　あっあっ♥　だめっ……！　ルーカス、んぅっ！　あふっ、んぁっ、あたし、もうっ……♥」

エリシエは蜜壺をかき回されながら、快楽に声をあげて身悶えている。

膣襞が蠕動し、肉棒を締めつけていた。

「あ、ああっ……！　イクッ！　私、いっちゃうっ……♥　あ、あぁ……おちんちんに、中いっぱい突かれて、んぁ、ああっ！」

「う、エリシエ……」

「あふぅ、んぁっ！　来てっ……そのまま、中に、いっぱいっ……！　んぁ、あっあっ♥　イクッ、んはぁっ！」

絶頂が近づき、エリシエが乱れていく。うねる膣襞に促されて、俺も限界を迎えつつあった。

「んくぅっ！　あっ、ああっ……！　らめぇっ♥　すごい、すごいのきちゃうっ……！　奥から、あ、んはぁっ……♥　ルーカス、私、んぁ、イクッ！　あっ、んはぁっ♥　イクイクッ！　イックゥゥウウッ！」

「う、あぁっ……！」

彼女が絶頂し、その身体を大きく跳ねさせる。おっぱいが揺れ、おまんこがきゅっと締まった。

そしてエロい声をあげて身悶えるエリシエ。その淫ら過ぎるすべてが、俺の欲望を押し上げる。

「う、出るっ……！」

びゅくんっ！　びゅく、びゅるるるるっ！

俺は念願の、絶頂おまんこの中で射精した。

「んはぁぁぁっ♥　あっ、しゅごいぃっ♥　熱いの、びゅるびゅるでてるっ！　あ、んぁ、イってるのにぃっ♥　あ、あああぁぁぁぁっ！」

「う、あくっ……」

中出し射精を受けてエリシエがさらにイったようで、膣襞が肉棒を絞り上げてきた。

射精中の肉竿を刺激され、気持ち良すぎる。

「あ、あぁ……♥　私の中に、ルーカスの精液、注ぎ込まれてるぅっ……♥」

「あぁ……」

うっとりと言う彼女は、その最中も肉棒を貪っていた。

俺は射精を終えると、ゆっくりと肉棒を引き抜いていく。

射精直後の肉竿に、彼女の中は刺激が強すぎた。

「あんっ♥」

引き抜く際にカリが襞に擦れ、エリシエがエロい声を出す。

肉棒を引き抜くと、それは互いの体液でどろどろになっていた。

「あ、あぁ……♥　ルーカス、すごかった」

「ああ、そうだな……」

俺もまだ半ば放心状態で、頷く。

「ね、ルーカス……」

彼女は目を閉じると、そっと唇を突き出してキスをおねだりしてきた。

そのかわいさに促されるまま、俺は口づけをする。

「んっ……」

彼女は満足そうに声を出して、また熱っぽく俺を見つめた。

そして両手を広げて、こちらを迎えようとした。俺は彼女を抱き締めて、そのまま横になる。

「すごく気持ち良くて、とっても幸せ……♥」

うっとりと呟いた彼女をぎゅっと抱き締めて、しばらくそのままいちゃいちゃしていく。

この島に流れ着いて、本当によかった。

あらためて、心からそう思うのだった。

島で生きていくことに決めた俺は、家を用意してもらい、そこに住むことになった。

まだ他の住民たちとはあまり関わっていないものの、家をもらって数日間過ごしていくと、あらためて自分がここで暮らしていくのだという実感が出てきた。

ひとりで暮らす、といっても、エリシエとは近くに住んでいることもあり、彼女は何かと俺の面倒を見てくれている。

「ご飯も、いっしょに食べたほうが美味しいしね」

ということらしく、今日も彼女といっしょに食事をとっているのだった。

エリシエが俺のことを気に掛け、色々と面倒を見てくれて、さらに手料理をいっしょに食べられるなんて。これ以上ない幸せな暮らしだ。これこそ、俺が求めていたものだろう。

毎日いっしょに食事して……なんだか恋人みたいだ。

いや、実際、恋人みたいなこともしちゃってるしな。

けれど村長の話を聞くに、俺が転生した国の貴族社会とは違い、この島ではセックスすることにそこまでの貞操観念はないみたいだしな。

前世の俺には縁がなかったものの、「寝たくらいで恋人面しないでよ！」みたいなことはない。

みんなが好意を抱いてくれているのは確かだが、それがどこまでの意味なのかっていうのは難しいところだ。エリシエについても、今はまだそうだった。

まあ、美女から迫られれば嬉しいし、恋人感覚で付き合って、エロいこともできるなら、関係の深さは気にしなくていいのかもな、とも思い直した。

かたちに拘るのはそれこそ、貴族の考え方だ。

この島ではもっと緩く、自由な感じで交際すればいいのかもしれない。

そんなことを考えていると正面に座る彼女が、そういえば、と切り出してきた。

「ルーカスは、こっちでの暮らしに慣れてきた？」

「ああ、おかげさまでだんだんな」

前世より、そしてもちろん貴族としての暮らしよりも、ずっと楽しいくらいだ。

華やかさや便利な文明の利器とは無縁かもしれないが、のんびりとした暮らしはなんだか落ち着くし、何よりエリシエがいるからな。

「よかった」

そう言って彼女は微笑む。そんなエリシエを幸せな気分で眺めた。

「みんな、ルーカスのことを気に掛けてるみたいだしね。そろそろ、他の人とも本格的に交流できそうかな？」

「ああ、そうだな……」

今のところは、挨拶や軽い会話にとどめてもらっている。

いきなり、たくさんの女性に囲まれてもびっくりするからな。

しかし、同じ島の同じ村で暮らす以上、いつまでもそうはいかないだろう。

エリシエや村長のおかげで暮らしにも慣れてきたし、そろそろかもしれない。

女性だらけのところにいきなり男が来て、ほんとうに上手くやれるだろうかという不安はある。

でもそこは、村人のほうから必要としてくれているという点で、かなりやりやすくはあるだろう。

あとは、時折感じる好奇心や性的興味での視線だが、少なくとも俺としては、露出度高めの女性たちにそういう目で見られるのは大歓迎だった。

「今はこうやって、ずっと私といっしょにいてもらっちゃってるけど、島で唯一の男性であるルーカスを独占しちゃうのはよくないしね」

全体のことを考えると、それもそうなのだろう。

子作りなんかだって、女性が多いなら男性はひとりでもなんとかなるものだしな。

逆では無理な話だ。男ばっかりいても、人口は増やせない。

そういう意味では、男性ばかりの島よりは未来があるのかもしれない。

村長も、俺と相手の同意さえあれば、たくさんの相手と関係を持っていい、というようなことを言っていたしな。

加えて、元々漂流者を世話する必要性から、村全体で新参者の面倒をみるというシステムなので、俺自身の経済的な状況というのは重要視されない。養う義務はないのだ。

そう考えると本当に、俺にとっては好都合なことばかりだな。

「急にじゃなくていいけど、ルーカスにはできればいろんな子を愛してほしいしね。……その、あんなに気持ちいいこと、私だけ知ってるのもなんだかずるい気がするし」

「あ、ああ……」

少し頬を赤らめてそんなこと言うエリシエはかわいくもえっちで、会話の内容に反してこの場で襲ってしまいたくなる。

しかしやはり、考え方の違いなのだろう。

結ばれたばかりの女性から、いろんな女の子に手を出していいよ、と言われるのはなんだか新鮮な感じだ。

まあ、俺としては願ったり叶ったりなので、村と俺、双方のためにもそこは柔軟にエロいことをしていこう。

まったくもって、この島に流れ着いたのは幸運だったな。

「ルーカスがみんなを好きになってくれたらいいな。……私もそうだったけど、今まで男の人がいなかったから、こういうのは想像でしかなかったし」

知識ばかり溜め込んだせいなのか、エリシエはいざとなるとエロエロだったからな。

むしろ、男性がいなかったことでメスとしての本能が強化されているのかもしれない。

みんなが露出度が高いのも、もしかしたら気候のせいではなく、チャンスを活かすための本能的なアピールなのかもしれないな。

「あ、でも……」

そこでエリシエはちらちらとこちらを見ながら言った。

「みんなを愛してほしいけど、私のこともいっぱい愛してほしい、かな」

「ああ」

照れながら言うエリシエは本当にかわいくて、すぐにでも抱き締めたくなってしまうほどだ。

村のみんなと向き合っていく……という話をしているところでなければ、今日はこのまま一日中いちゃいちゃしてしまいたいところだった。

●

そんなわけで、村長からのお許しも出て、本格的に村の女性たちと交流することになった……のだが。

そうなった途端、予想どおりというか、俺はすぐに美女たちに囲まれてしまった。

「ねえねえルーカスっ。ルーカスって本当に男の人なんだよね？」

「あ、ああ……」

元気な美少女が声をかけてきたかと思うと、今度は横から美貌のお姉さんが声をかけてくる。

「あ、あの……胸板を触らせてもらってもいい？　その、男の人って初めてで……」

「え、ええ……いいけど……」

答えると、また別の方向からも華やかな声がする。

「わ、わたしもっ！」

「あ、ずるい……」

誰も彼もが露出度高めの美女たちに囲まれた俺に、全方位からキラキラとした視線が注がれている。状況だけ見れば、まるでハーレムの王様だ。

けれどこれはむしろ、きっとあれだ。

動物園のパンダとか、ふれ合いコーナーのアルパカとか、そういう感じだった。

色っぽい視線もないではないのだけれど、それ以上に好奇心とか珍しさが勝っている。

もちろん、きちんと男として見られているかは別として、みんな好意的であることに違いはないので、悪い気はしない。

そもそも、こんなふうに美女に囲まれる時点で嬉しいことだしな。

ただいるだけでこんなにも喜ばれるというのは、なかなか長い人生の中でもないことだ。

だから俺はついつい、それにすべて応えたくなってしまう。

「い、いや、あの逃げないから。触るくらいならいくらでも、うおっ」

迂闊なことを言った途端、四方八方から女の子たちの手が伸びてきた。

幾本ものしなやかな手が、俺の身体をなで回してくる。

「わっ、すごい」

「胸板、硬いんだね」

「腕も逞しくて素敵……」

「あぁ、これが男の人の身体なんだ……」

あちこちなで回されるのは、ちょっとくすぐったくて気持ちがいい。

たくさんの女性に囲まれた俺は、そのまましばらくもみくちゃにされてしまう。

「わぁ、本当に男の人なんだぁ」

「すごいなぁ」

「筋肉とか、結構違うんだね」

「あ、ああ……」

どうやら、いま集まっている女性たちは皆、エリシエのように男性自体を知らないらしい。

だからなのか、やたらと俺に手を伸ばしつつ、密着してくる。

まったく悪い気はしないのだが、ちょっと刺激が強くはあった。

なにせ、魅力的でエロい格好の美女たちに囲まれて、熱心に触られているのだ。

撫でてくる手も気持ちいいし、おっぱいもむにむにとあちこちに当たっている。

そして誰もが水着のような格好なので、谷間や形を変える横乳などが見放題になっている。

そんな状態だと、どうしても男として反応してしまうわけで。

これが、みんなわかっていての行為だというのならまだわかるが、どっちかというとまだまだ好奇心が強いだけみたいだ。意図して俺を興奮させているわけではない。

だから、俺だけが生殺しというか、エロい気分にさせられてしまっている。

それがちょっと気まずくはあるけれど、しかしそれ以上にやはり、多くの美女たちに密着しているのは幸せ過ぎる体験だった。

そんな俺の気を知ってか知らずか、無邪気に触れてくる彼女たち。

「すごーい。逞《たくま》しいんだね」

「腕にぶら下がれちゃうー」

ぺたぺたと身体を触りつつ、ひとりの少女が俺の腕にぶら下がって遊んでいる。

それはちょっと、微笑ましい光景だ。その一方で、最初のお触りタイムが終わって好奇心が一通りは収まると、少し妖しい雰囲気になるお姉さんも出てきた。

「これからよろしく……ね、ルーカス」

「わたしもわたしもっ！」

「いろんなこと、教えてね♪」

そこには女性らしい色が含まれていて、俺も大いに期待してしまう。

けれどすぐにそんな色っぽい展開になるかといえば……。

「ねえねえルーカス、いっしょに遊んでっ」

「ルーカスは何をする予定なの？　あたしといっしょに、果物を集めようよ」

まだまだそんなふうに無邪気に誘ってくる子たちもいるので、反応はいろいろだった。

エロい誘い方と無邪気な誘い方が、必ずしも年齢に左右されないというのも面白いところだ。

妙にませている子がいる一方で、豊満な大人の女性でも初々しい態度だったりもする。

けれどみんなが、俺をこんなにも好意的に受け入れてくれているのは嬉しかった。

そんな感じでまずは囲まれながら、俺の一日は終わっていくのだった。

●

そして。やっと珍獣扱いも落ち着きつつある、数週間後。

俺もすっかり、ここでの新たな暮らしに慣れてきていた。

いろんな意味で、女性たちの相手をする幸せな日々を送っている。

そんな中で特に懐いてくれている女の子のひとりが、シーラだった。

今日は彼女と、林の中で果物を採集することにしていた。今はちょうど、その帰り道だ。

「ねえねえルーカスお兄ちゃん、えいっ」

「おっと」

彼女は隣を歩く俺の腕に飛びついて、いきなりぶら下がってきた。

茶色い髪をサイドポニーにした彼女は、その見た目通り元気な女の子だ。

小柄で、俺をお兄ちゃんと呼んだりもすることから妹っぽさ、幼い無邪気さを感じさせる部分もある彼女だったが、身体のほうはそれを裏切るかのように立派に成長している。

そのたわわな果実が、飛び跳ねる拍子にぷるんっと揺れる。

立派な谷間を持つまあるいおっぱいも、この島の女の子らしい大胆な格好なので、結構露出してしまっている。

きわどいショートパンツでおへそも丸見えな彼女は、林の中を歩くのには向いていなさそうな格好だけれど、この島は危険な生き物や害虫もいないので意外と平気らしい。

行動は無邪気なのに、格好はエロくおっぱいが刺激的だというのも、かなりそそるものがある。

そんな彼女とふたりで、俺は果物採集をこなしていたのだった。

彼女は元気に動き回りつつ、俺に甘えてくる。

「お姉ちゃんはいっぱいいたけど、お兄ちゃんは初めてだからね♪」

彼女は上機嫌にそう言って、そのまま腕を組んで歩いている。

むにゅんっと、そのたわわな胸が俺の腕へと押しつけられる。

狙って当ててくるのももちろんエロくて最高だが、こうして無邪気に押し当てられているのも、背徳感混じりの心地よさがあるのだった。

「お兄ちゃんは、外のことも詳しいんだよね」

「まあ、限られた世界だけならな。ついこの前までは、旅をしていたし」

「わたしはこの島しか知らないからなー。外のことも、いっぱい教えてほしいな」

「ああ。といっても、この島ほどいいところじゃないけどな」

俺がそう言うと、彼女は明るい笑顔を浮かべた。

シーラは幼い頃に流されてきたようで、エリシエのように島で育った子だ。

そういう女の子は結構多いらしい。

流れてくるのは女性だけだというのも不思議だが、赤子に近い漂着者が奇跡的に無事ということも多く、何かしらの加護が働いているのでは？　とも言われているらしい。

この世界はファンタジー的ではあるものの、魔法は一般的ではない。

けれどそういう、少し不思議な力くらいはあるのかもしれなかった。

俺自身、チート能力を持っているぐらいだしな。

ともあれ、そんなふうに話ながらシーラと共に村へと戻っていく。

「ねえねえルーカスお兄ちゃん、今日の夜は、お兄ちゃんの家に遊びに行ってもいい？」

「ああ、いいぞ」

彼女の言葉に、俺は頷いた。

今までにも、休みの日に俺の元を訪れることの多かったシーラだが、夜に来るというのは初めてだった。まあ、今日はこうやって用事があったしな。

それに、その元気さからやや幼くは見えるものの、彼女もこちらの世界基準では一応は大人なわけだし。

「えへへ、楽しみにしているね」

そう言ってシーラは笑みを浮かべながら、ぎゅっと腕に力を込めてきた。

するとおっぱいがさらに、むにゅうっと押しつけられて気持ちがいい。

そんな魅惑的な感触のせいか、その笑顔がいつもより少し大人びて見えるのだった。

●

そして約束通り、夜になるとシーラが俺の家にやって来た。

「ルーカスお兄ちゃん、きたよー」

気安く声をかけてくる彼女は、もうお風呂に入ってきたのか、石鹸のいい匂いがしていた。

平和なこの島ならではの、ある意味大胆な行動だ。いやでも期待してしまう。

そんな彼女を迎え入れて、俺はお茶を出すためにキッチンへと向かう。

「ね、ルーカス」

と、後ろからシーラが、普段より少し大人びた声で呼びかけてきた。

「ん？　どうした？」

普段はお兄ちゃんと呼ぶ彼女だが、基本的にはみんなが俺のことは呼び捨てなので違和感はない。

彼女も、むしろ最初はそうだったっけと思い出す。

懐いてくれる内にお兄ちゃんと呼ばれるようになって、俺もなんだか元気でかわいい妹ができたような気になっていたのだ。

こうしてまた呼び捨てにされてみると、お兄ちゃん呼びによって彼女の幼いイメージが加速していたのかもしれないな。

そんなことを考えている内に、彼女は後ろから俺に抱きついてきた。

むにゅんっと柔らかな感触が背中に当てられる。

無邪気なスキンシップの多い彼女だが、身体のほうは立派な女性なので、おっぱいを気持ち良く感じてしまう。そんな彼女が、いつもとは少し違う雰囲気で話しかけてきた。

「ルーカスは、夜ならえっちで気持ちいいことも教えてくれるんでしょ？」

「……ああ」

基本的に、誘われれば拒まないことにしていた。

この島の女性たちは男がいなかった分、エロいことに積極的な子が多い。

俺としても、いろんな美女とえっちなことができるのは望むところな訳で。

その話は当然広がっていくので、この数週間、何人かの女性から誘いを受けていたし、その都度それに応えていたのだった。

好奇心はあるものの、まだ実際にえっちするのは……と、興味を持ちつつも少し遠くから眺めている子なども多い。そういう子に対しては、彼女たちが決心するまで待つことにしている。

中には俺のほうから来てほしいという子もいると思うのだが、そのあたりは判断が難しいしな。

唯一の男として割と特別扱いされている俺だ。村としても子供がほしい状況だし、俺からの誘いは断れないと思ってしまう子もいるだろうからな。

エロいことは大好きだが、無理にするよりも、相手の女の子もノリノリでエロエロなほうが俺の好みだった。そんなわけで、基本的に俺は受け身なのだ。

「わたしもそういうの興味あって……だから、ルーカスに教えてほしいなって」

普段よりも大人っぽい声で誘ってくるシーラ。

元気で幼いイメージだったものに、押し当てられている感触はとても魅力的な女性のもので。

「ああ、わかった」

俺がそう答えると、彼女にさっそくベッドへと向かうのだった。

「シーラは知識自体は結構あるのか？」

ベッドへと移動した俺は、彼女に尋ねてみる。

この島の女性は、大きくは２つのタイプに分かれる。

エリシエのように耳年増で、いろんなことを知っていても、実践がない分、欲望がため込まれているというタイプ。

そして、性的な知識自体があまりないのに、本能的な強い好奇心はあるというタイプだ。

「ううん。あんまり詳しくないかな。でも、ルーカスお兄ちゃんといっしょにいると、なんだか胸がきゅんとするし……」

「そうか」

嬉しいことを言ってくれるシーラに、思わず頬が緩む。

まっすぐな好意というのはやはり破壊力があるものだ。

「あと、気持ち良かった、って話を聞いたりとか……」

「おおう……」

やはりというか、そういった話は流れてしまうものらしい。

まあ、性的な経験のない女性たちにとって、セックスは一番の関心事ではあるだろうしなぁ。

これまでは男がいなくてどうしようもなかったところに、ぽんっとその対象が現れれば、話題になるのは当然ともいえた。

「だから、わたしも抱いてほしいなって」

そう言って少し上目遣いに見てくるシーラは、とてもかわいらしい。

そんな愛らしさに反して、大きなおっぱいがこちらを誘っているのもずるいところだ。

「そうか。それじゃ、こっちにおいで」

「んっ」

俺はそんなシーラを抱き寄せて、ベッドへ押し倒す。

仰向けに横たわった彼女が、好奇心に満ちた顔でこちらを見上げる。

俺はまず、彼女の服へと手を掛けていく。

「あっ……」

彼女は少し恥ずかしそうにしながらも、それを受け入れていた。

元々露出の多い服は、すぐに脱がせることができた。

まず上半身を脱がしてしまうと、小柄な割に大きなおっぱいが、ぷるんっと柔らかそうに揺れながら現れる。

「なんだか……」

「どうした？」

俺が尋ねると、彼女は手で胸を隠すようにしながら、顔を赤らめた。

「恥ずかしくて、ドキドキする……」

「そうか。これからすることが、本能的にわかっているのかもな」

そう言いながら、俺は彼女の手を掴んで、そっと開かせる。

「さ、おっぱいを隠さないで」

そう言いながら腕をどけると、彼女は素直に従いながらもますます顔を赤くした。

「ルーカスお兄ちゃんが、わたしのおっぱい見てるの……なんだか、んっ……すごくむずむずしちゃう」

シーラが恥ずかしげに身体をゆすると、それに合わせて丸いおっぱいが揺れる。

「恥ずかしいかもしれないけど、えっちが初めてなら尚更、先にいっぱい感じておかないといけないから」

そう言いながら、俺はたわわな果実へと手を伸ばす。

「あんっ」

柔らかなおっぱいに触れると、シーラが女の子らしい声を漏らした。

その声音に性欲を煽られながらも、俺は焦らず、まずは優しく揉んでいく。

「お兄ちゃんっ、それっ……！」

シーラは胸をこねられながら、切なそうな声をあげた。

妹のようないつもとは違う、しっかりと女らしい彼女の姿に俺の興奮は高まっていく。

「あぅ……なんだか、ふわふわするっ……それ、んっ……」

「どうだ、初めてのえっちなことは気持ちいいかい？」

俺は尋ねながら、幼い巨乳を揉んでいく。

新雪のようにまっさらな双丘を揉みほぐしていくと、こちらはとても気分がいい。

「う、うん……なんだか、不思議な感じだけど、気持ちいいよ……」

彼女は初めての感覚に戸惑いながらも、そう答えた。

「お兄ちゃんの大きな手が、んっ……わたしのおっぱい、もみもみしてて……あぅっ……恥ずかしいけど、んっ」

そうやって高めていくと、その小さな乳首が反応して固く起ってきた。

「ここも、敏感なところだよ」

「ひゃうっ！」

指先でつまむと、シーラがぴくんとかわいらしく反応した。

「おにいちゃん、それっ……」

「乳首も、気持ちいいか？」

「あふっ♥ ん、うんっ……そこ、いじられると、ぴりってするみたい……」

彼女は色っぽい声を出しながら、感じてきているようだ。

「シーラは、オナニーとかもしないの？」

「おなにー？」

尋ねてみると、彼女は首を傾げた。

「ああ。自分で、おっぱいとかアソコとかを触って、気持ち良くなること」

そう尋ねると、彼女は顔を赤くした。

「あ……う、うん……ちょっとだけ……」

オナニーという言葉はしらなくても、自慰をしたことはあるらしい。

シーラのような子が……。それはなんだかとてもエロく感じられて、俺は昂ぶってしまった。

「そうなんだ」

知識がなくてもこの島の女性は皆、やはり本能的にえっちらしい。

「ひとりでするのも、気持ちいいでしょ？」

「うん……でも、んっ、今、お兄ちゃんに触られてるほうが、ずっと気持ちいい……」

かわいらしく誘うようなことを言うシーラは、なんだか小悪魔みたいだ。

天然なのかもしれないが、彼女はより俺のエロスを高めてくる。

「男の人の……お兄ちゃんの手が、わたしのおっぱい、むにゅむにゅするの……んっ、あぁ……すごく気持ちいいよ」

「それはよかった」

「ひうっ♥」

そう言いながらまた乳首をいじると、シーラがかわいく反応する。

「それじゃ、そろそろ肝心なところへいこうか」

そう言うと、俺は彼女の下半身も脱がせていく。きわどいショートパンツを脱がせると、本当に大切な部分を覆うだけの布面積しかない下着へと手を掛けた。

こんなに小さな布では、毛が生えているとハミ出してしまうだろう。

「少し、腰を上げて」

「んっ……うぅ、脱がされるの、なんだか恥ずかしいよ……♥」

彼女は恥じらいを見せながらも、期待した目をして腰を浮かせてくれた。

俺はそのきわどい下着をゆっくりとずらしてみた。やっぱりパイパンだ……。

「ぁ……♥」

女の子の大切なところを見られる恥ずかしさに、彼女が小さく声を漏らした。

彼女のそこはもうしっかりと濡れており、クロッチの部分が糸を引いた。

「わたし、んっ、なんだかすごく、んぅ……」

ついに露《あらわ》になったそこに目を向けると、シーラはまた羞恥に身悶えた。

「あ、あぅっ……わたしのアソコ、おにいちゃんすっごい見られちゃってる……うぅ……」

「ああ。ぴったりと閉じていて、すごくかわいいよ」

控えめな恥丘に一本線のおまんこは、どこか幼さを感じさせて背徳感を煽ってくる。

けれど、そこはもう十分に濡れていて、発情したメスの匂いをさせていた。

「そうだ、シーラにもわかりやすい体位のほうがいいか」

性的な知識のあまりない彼女にとっては、普通の正常位よりも、動物に近い体位のほうがセックスをイメージしやすいだろう。

「シーラ、四つん這いになってみて」

「うん……こう？」

彼女は言われるまま、素直に身を起こすとベッドの上に四つん這いになった。

「お兄ちゃん、この格好……」

シーラはその状態で、恥ずかしげに声をあげる。

「んぅっ……後ろから、お兄ちゃんにすっごい見られちゃってる……♥　うぅ……」

「ああ。シーラの大事なとこ、しっかり見えてるぞ」

「あぅ……」

「四つん這いは、動物と同じ格好だからな。シーラも、これからすることはわかってるだろ？」

俺が尋ねると、彼女は頷いた。

「うん……えっちなこと……だけど、赤ちゃんをつくるんだよね……あぅ……男女で繁殖するんでしょ？」

「ああ……」

繁殖、という動物っぽい言葉選びが、俺の獣欲を煽ってくる。

そうだ。セックスはもちろん気持ちいいことだし、男女の重要なコミュニケーションだ。

それでもやはり、その目的は動物的な繁殖行為でもあるのだ。

シーラのような小さい子を孕ませるのだと思うと、ゾクゾクとした背徳感が俺をより盛り上げてくる。このポーズにしたのは彼女への教育でもあったが、俺のほうもさらに興奮してしまう姿勢だったみたいだ。

すぐにでも入れたいところだが、彼女は初めてだし身体も小さいので、もっとよく秘部をならしておく必要があるだろう。

俺はその一本筋へと手を伸ばし、優しくなで上げる。

「ひゃうんっ♥　お、おにいちゃん……わたしの、んっ、アソコ……触ってる……」

「ああ。先に気持ち良くなっておかないと、挿れるときに大変だからな……」

そう言って俺はおまんこをなで回し、彼女を高めていった。

割れ目を往復させながら、包皮に包まれたクリトリスも軽くなでる。

「んふぅ！　あっ、ん、そこ、んぁっ……♥」

敏感な陰核に触れられて、シーラが甘い声を出す。

まだまだ敏感すぎるだろう小さなクリトリスは、ごく優しく触れておくのにとどめたほうが良さそうだな。

そう思いながら、俺は丁寧にお豆をいじっていった。

「あっ、あぁ……んぅ、おにいちゃん、私、んぅっ……ぽわぽわしてきちゃうっ……♥　お腹の奥から、んぁああ……」

女の声を出しながら、シーラが軽く身体を揺らす。

「こうすると、もっと愛液が溢れてきちゃうな」

俺は彼女の割れ目を指で押し広げる。

綺麗なピンク色の内側が見え、その襞がヒクついているのがわかった。

「んあぁっ……♥　お兄ちゃんに、わたしの中まで見られちゃってる……♥　あふぅっ、そんなとこ、んっ、自分でも見たことないのにぃ……♥」

女の子の秘めたる場所を眺め、愛撫していく。

俺の指はすっかり、彼女の愛液でふやけていった。

「あっ、ん、んぁっ……♥　お兄ちゃん、これ、ん、んぅっ、ふぅんっ……！　あ、ん、くぅっ、あぁっ……！」

そうしていると、彼女が一段高い声で喘ぎ始めた。

絶頂が近いのだと思った俺は、膣内に少しだけ指を忍ばせ、ごく浅いところをいじりながらクリトリスも刺激していく。

「ひくぅっ！　ん、あっあっ♥　なんか、これ、あ、あふっ……すごく気持ち良くて、んぁ、ああっ……ふぅ、んあああぁぁぁぁっ♥」

ぴんと背中をのけ反らせながら、シーラが絶頂した。

アソコもヒクヒクと震えながら、愛液を溢れさせていく。

とろりとしたその蜜がシーツまで垂れていくのを眺めながら、俺ももう我慢できなくなっていた。

「それじゃ、いくぞ」

そう言うと、俺は服を脱ぎ捨てて肉棒を取り出す。

彼女は振り向いてそれを確認すると、うっとりとした声を出した。

「あぁ……♥　それがお兄ちゃんの……男性器、なんだ……」

「ああ」

「あふっ、すごく大きい……これが、わたしの中に……ごくっ……」

肉竿を眺める彼女が、唾を飲んだ。

「あふっ……わたし、んっ、動物さんと同じ格好で、お兄ちゃんと繁殖しちゃうんだ……♥　赤ちゃんの元を、中に……♥」

「ああ、そうだな」

快楽よりも生殖が前に来るというのも、なんだかかえってエロティックだ。

それがシーラのような小柄な女の子だというのも、エロイメージに拍車を掛けているのかもしれない。

たしかに俺は村長からも頼まれている。しかしもちろん、事務的な生殖行為を行う気なんてない。

俺としてはやはり、セックスは愛情と快楽が先にくるものだ。

「シーラ、挿れるぞ」

「うんっ……♥　いいよ。入ってきて、お兄ちゃん♥」

俺は彼女のお尻を掴む。

ハリのある引き締まった感触を確かめていると、その膣口が小さくヒクついた。

いよいよ男性器を迎え入れるということで、彼女の身体が期待しているのだろう。

俺は猛ったモノを入り口へとあてがい、くちゅりと、軽く動かしていく。

「んはぁぁっ……♥　お兄ちゃんのおちんちんが……わたしのアソコ、擦ってきてるっ……熱いのが、すりすりって……♥」

蕩けた声で言う彼女は、小さくお尻を振って、おまんこをペニスへと擦りつけてきていた。

メスとしてのあまりにエロいその仕草に誘われ、俺はお尻を掴み治すとゆっくり腰を進めていく。

「んくぅっ……♥　あ、あぁ……おちんちんが……お兄ちゃんが、わたしの中に、入ってきてるぅっ……！」

未経験の幼穴をかき分けながら、肉棒が前進していく。

そしてすぐに、その入り口を守る膜へと触れた。

「いくぞ」

「うんっ……ん、くうぅうっ！」

メリメリとそこを押し広げ、肉棒が膣内へと侵入していった。

「ひぅっ♥　あ、んはぁあっ……！」

狭い膣穴を細かに前後しながら、掘削するように肉棒が進んでいく。

十分に濡れているおかげで進みやすくはあるものの、やはりその中は狭い。

「あっ♥　ぅっ……お腹の中、すごい広げられてるっ……」

四つん這いになってお尻を突き出している彼女が、艶のある声で言った。

動物が番《つが》うのと同じ野性的な体勢のせいで、背徳感が半端ない。

「あふぅ……おちんちん、はいってるんだ……」

色っぽい声で呟く彼女に合わせて、膣襞がオスのかたちを確かめるかのようにしっかりと吸いついてきている。

「あぁ♥　すごく熱いのが、お腹の中に入ってきてる……♥　これがおにいちゃんのおちんちんなんだ……」

「ああ……うっ……」

狭い膣内に締めつけられて、俺も気持ち良さに声を漏らしてしまう。

狭さこそ、その幼い身体相応のものだったが、うねる膣襞はしっかりとメスとして精液を搾り取ろうと蠢いていた。しばらくその姿勢を維持して、やっとなじんできたところで俺は腰を動かし始める。

「んはっ♥　あっ、これ、んぅっ……！」

彼女の中を、まずはゆっくりと往復していく。

「ひうっ、おちんちん、わたしの中をずりずり動いて、あぁ♥」

蠕動する膣襞を擦りながら、緩やかなピストンを行ってみる。

「あふっ♥　ん、あぁ……あふっ。わたしの中、お兄ちゃんのおちんちんが擦れて♥　ん、あふっ……んぁっ！」

彼女は気持ち良さそうな声をあげながら、身悶える。これなら、大丈夫そうだ。

俺はそのまま腰を動かして、彼女の中を突いていった。

「あぁっ♥　ん、ぁ、ふぁっ……！」

きれいな背中のラインと、丸みを帯びたお尻が揺れる。

その身体を見ながら、さらに腰を振っていく。

「ひうっ、あっ、ああ……♥　すごい、これ、んぅっ……気持ちいいっ♥　こんなの、んぁ、あっ、ああっ！」

女としての快楽に乱れる彼女に合わせ、俺はだんだんと腰を大きく、速く動かしていった。

ハリのあるお尻に腰を打ちつけるパンパンという下品な音が響いてく。

「ひぅっ♥　あ、んあっ！　すごい、んぁっ、セックス、すごいよぉっ……♥　あふぅっ、んぁ、あっ……！」

初めての快楽に酔っていく彼女。

俺のほうも、その初物おまんこの締めつけに、一気に持っていかれそうだった。

「う、あぁ……」

「お兄ちゃん、お兄ちゃんも気持ちいいの？　わたしの身体で……んっ、おまんこで、気持ち良くなってるの？」

「ああ……！　シーラのおまんこで、俺もイキそうだ……」

「あふっ、ん、あぁ……お兄ちゃん、いっぱい気持ち良くなって……わたしの、んっ、わたしの中に、いっぱい赤ちゃんの元そそいでぇっ♥」

「うっ……」

年若い女の子からの種付けおねだりに、オスとしての欲望が膨らんでいく。

俺はその欲動に身を任せ、膣穴をかき回していった。

「ひぅぅっ♥　あっあっ♥　お兄ちゃん、わたし、わたしまたっ！　んぁ、あ、あああっ……！　すごい、さっきよりもっ……」

嬌声をあげながら、シーラがまた絶頂へと近づいているようだ。

俺はその初々しい膣襞を擦り上げ、蜜壺を犯していく。

「あ、んぁっ……もうだめっ……あ、すごい、気持ち良すぎて、んぁっ♥　あっあっ♥　だめぇ、ん、んくううぅぅぅっ！」

「うぁっ……！」

シーラは全身に力を込めながら絶頂した。

それに合わせておまんこもきゅうっと締まり、全力で肉棒を締め上げてくる。

びゅくくっ、びゅるっ、びゅくんっ！

その絶頂締めつけに応えるように、俺もその膣内で射精した。

「んあぁぁぁぁっ♥　あ、これ、んふぅっ……すごいのぉっ……♥　あぁ、お兄ちゃんの、赤ちゃん汁……！　熱いの、いっぱいでてるぅっ……！」

中出しを受けて、シーラが快楽に身悶えている。

精液をしっかりと搾り取る女穴に、されるがままに俺は余さず注ぎ込んでいった。

「う、あぁ……吸われてる……」

「あふぅっ♥　お兄ちゃん、んぅっ……♥」

体力を使い果たしたのか、シーラはベッドの上に崩れ落ちた。

俺はそんなシーラを気遣いながら肉棒を引き抜き、そのまま彼女をベッドに寝かせておく。

「あう……すごかった、これ……」

荒い息のまま、シーラは完全に女の顔で俺を見上げる。

呼吸に合わせて上下するおっぱいも、とても艶めかしい。

「ぎゅー♥」

甘えるように手を伸ばしてくるシーラを抱き締め、俺たちはしばらくの間、初セックスの余韻を味わっていたのだった。

●

女になったシーラは、より俺に懐いてくるようになった。

俺としても彼女といるといつも元気になれるので、この関係はいいものだ。

そしてエリシエも、これまで通り俺の面倒を見てくれている。

そのため、三人で過ごす時間がぐっと増えていた。

エリシエとシーラは幼いころからこの島で育った同士なので、元々仲がよかったというのもあるだろう。

もちろん、みんなが仲間であり仲がよいのだが、学校みたいのはないらしいから、同年代全員で集まるというわけでもなかったようだ。

そんな中でも、特に仲のいい女の子グループというのは、やはりある程度は存在するという。

たとえば俺のように、外の世界を知っているグループがまず存在する。流れ着く前に暮らしていた地域が近い者同士が、やはり文化的な身近さもあって固まりやすいようだった。

あとは俺とエリシエのような、流れ着いたときに面倒を見てくれた人と……とか。

そしてふたりのように島の外を知らない女の子たちは、知識や情報を共有し合っているらしい。

年下のシーラも、一時期はエリシエに少し世話になっていたらしい。

そんなわけで、最近は三人で食事を共にすることが増えていた。

実は、流れ着いたときのエリシエを助けたのが村長だということもあり、村長と食事をする機会もあった。でも村長になってからは、そう多くは会えないらしい。

立場上、べったりというわけにもいかなくなったのだろう。

そんなわけで、今はエリシエとシーラとの三人で、俺の家で食事をすることが多くなっていた。

もちろん、グループでしか固まらないわけではないので、日によって他の人が参加したりそれぞれがほかのところに呼ばれたりもする。

俺の場合、食事とは別の招待を受けることもあるが、まあそれはそれ。

食事を終えると、エリシエは用事があると言って帰っていった。

シーラのほうは今日は暇らしく、そのまま俺の家で過ごしている。

「ルーカスお兄ちゃんって、変わったもの持ってるよね」

部屋の中に置かれていた、俺といっしょに流れ着いた物品を見ながらシーラが言う。

ついでにそこには、こちらへ来てから拾ったコレクションも含まれている。

俺が拾い集めているのは、何かしらの細工や機構のある漂着物だ。

他の人から見ればガラクタだ。いや、俺から見ても現状はガラクタではあるのだが、『開発促進』と組み合わせれば何かに使えそうだと思ったのだ。

「そうだね。まあ、趣味で集めてるんだけど」

わりと頻繁に流れ着いているからなのか、この島にはけっこう不思議なものが落ちている。

時計とか、なぜか門を開け閉めする滑車とかまでが落ちていたりするのだ。

どちらも、この島では使われていないものばかりである。

そしてそれらを発見できるのは、どうやら海岸だけではないことにも気付いた。

俺と同じように大陸のほうから流れ着くのか。

あるいはもっと昔には、進んだ文明の人々がこの島に住んでいたのか……。

実際にいたかどうかは別として、謎の古代文明というのはちょっとしたロマンだろう。

まあ、浜辺ではなく林の中に埋まっているのとかは、一見すると不思議だが、鳥や動物などが運んだだけということもあるしな。

どっちにせよ、そのうちそういったガラクタを組み合わせて、いろいろ作ってみようと思っているのだった。

実家の貴族家では隠していたが、折角のチート能力だしな。

貴族社会と違い、ここならのびのびと能力が使える気がする。

「ガラクタだって工夫すれば、生活で役立つものが作れたりするからな。シーラは、あると便利そうなものってなにか思い浮かぶか？」

「便利？　なんだろう……」

シーラは首を傾げる。

まあ、いきなりそんなこと聞かれてもすぐには浮かばないか。

あとは、生粋の島育ちではなく、他の島から流れ着いた人に聞いてみれば、なにかその地域ならではの便利なものとかが聞けるかもしれないな。

俺がいた貴族社会だと……うーん……。

割と見栄やきらびやかさが中心だったから、あまり役立ちそうなものはないか。

だいたいのことは人にやってもらう、そのために多くの人を囲うというのも貴族のプライド、みたいな感じだったしな。

風呂だって、水くみ含めて人海戦術だったし。

この島だと水は大きな川があって、問題ないしな。

「俺もよくわからないけどな。意外と、この島で困ることってないし」

「そうだよねー」

大がかりな装置を作れば水道なりシャワーなり、今より便利にはなるかもしれないが……。

ああ、あとは農業関係か。そっちは話を聞いてみて、なにか重労働が減るようなものが作れれば良さそうだな。

「ルーカス、これなに？　本の一部？　珍しいね」

そんなことを考えていると、シーラがガラクタの中から何かを見つけていたようだった。

見てみると、それは数枚組の地図だ。

「ああ。それは地図だな」

「地図？　あっ、海の地図か」

「そう。後ろには陸の地図もあるぞ」

彼女が手にしていたのは、ハミルトン家に伝わる宝島の地図だった。

最初に大まかな位置、次にもう少し詳しい位置。

最後に、毎回見つからないため使われない、島の地図だ。

一応、ハミルトン家にとってはそれなりに機密に近い情報ではあるが、この島ではもう関係ないから別にいいだろう。俺自身、使うことがないと思って放置していたくらいだし。

「へぇ……海の向こうにも島があるんだよねぇ……」

「あ、そうだな。見たことないのか……」

この島からは他の陸地が見えないため、シーラにとってはあまり実感がないのだろう。

他の島からも人が流れ着いてくるから、あるということは知っていても、海の向こうなんてシーラには関わることのない場所だしな。

俺だって、今回の航海に出るまでは、今世で海に来たことなんてなかったし。

貴族の屋敷に入ってくる品々には当然、舶来品もあっただろうが、そういうものだけでは異国の実感は得られない。

「あれ？　この地図って……」

流れ着く品、ということでいうと、この島では書籍の類《たぐ》いがもっとも珍しい。

紙では、海を渡れないからな。

この地図は最初から航海での使用を前提としていたため、そして半分は見栄のためだが、水に強い皮とインクで作られている。

「なにか面白いことでもあったか？」

俺が尋ねると、彼女は宝島の地図を示しながら言った。

「これって、この島じゃない？」

「えっ？」

彼女の言葉に誘われ、俺は宝島の地図へと目を向ける。

しかし、まだ島の全貌を把握していない俺には、ぱっと見ではわからなかった。

この村も書かれていないし……。

「ああ、でもよく見れば、海岸からこの辺りの地形は近い、のか？」

村の存在こそないものの、言われてみれば比較的、島のかたちは似ているかもしれない。

俺が気付きにくかった理由の一つとして、この地図が本当にここの地図だというなら、思っていたよりもずっと大きな島だということになる。

というか……。

「俺は目的地についていたのか……」

難破した時点でそれどころではなくなっていたものの、流れ着いた先が目指していた宝島だったらしい。俺にとっては、宝島というか楽園だったが、確かにここはロマンを求めて目指すのに最適な場所だといえるな。

などとのんきに考えたのだった。

まあ、帰る手段もそのつもりもないし、こっちでの生活を楽しんでいる俺にとっては、もう宝なんてどうでもいい。しかし……。

「ねえねえお兄ちゃん、このマークが、お宝のありかなんでしょ？」

シーラは興奮気味に尋ねてくる。

宝島の地図には、森の一部に洞窟の入り口を示す印と、宝箱のマークが書かれている。

「ああ、俺の先祖が大昔に隠したものらしいな」

当時の……というか今でも、資産価値としては結構なものらしいが、王国の古金貨とかを今さら見つけてもな……。

「探しに行こうよ！　結構近いし！」

「うん？　ああ、本当だな」

見ると、宝の隠し場所はこの村に近い……というか。

「これ、逆か」

宝を隠したところから少し離れたところに、村ができている。もしかしたらこの村の始まりは、ハミルトン家の宝を守るために住んでいた人たちなのかもしれない。

なんだか不思議な感じだな。

そう信心深いわけではないが、先祖のお導きと言われたら、そんな気もしてくる。

「この洞窟って、今もあるのか？」

「うん。奥のほうは知らないけど、手前のあたりは食べ物を保管したりするのに使ってるよ」

「へえ。それなら危険もなさそうか」

「うんうんっ、行こうよ、お兄ちゃん！」

「まあ、それならいいか。一応、村長に許可だけ取ってくる」

「わーい！」

お宝探し、ということで、シーラははしゃいでいる。

危険がなさそうなら、探険ごっこもいいだろう。

俺だって少しは、やっぱりワクワクするしな。

そんな訳で村長に話をしにいくと、崩落などの危険はなさそうということで、一応気をつけるように言われつつも、あっさりと許可が下りたのだった。

●

そんなわけで、俺とシーラはお宝探しに出かけるのだった。

ふたりで林の中を歩いて行く。

「～♪」

鼻歌を奏でるシーラは、宝の地図片手に楽しそうだ。

「村が生活に使ってる洞窟の奥に、実はお宝があるなんて、すっごいワクワクするね！」

突然の非日常感に心躍っているシーラが、ハイテンションに言う。

「ああ。俺は洞窟自体が初めてだから、けっこう楽しみだ」

この島は楽園だが、娯楽にはやや欠ける。

そんな中での洞窟探検ということで、俺はいくつか道具を持ってきている。

ロープとかたいまつとか、準備していると不思議とテンション上がるよな。

木々が生い茂る林を歩くのも、森林浴みたいで悪くない。

気分はハイキングだな。

「お兄ちゃんのご先祖様は何を隠したんだろうねー」

「かなり昔のものだからな、何があるんだろうな」

そんなことを話しながら、林の中を歩いていく。

シーラはとても元気だ。はしゃいだ姿を見ているだけで、俺まで元気になってくる。

「そろそろだよ、お兄ちゃん」

「やっぱり、結構近いんだな」

「うん。すごいよね。すぐ側にお宝が眠ってたなんて！」

テンションがいつも以上に高いシーラが指をさす先に、確かに洞窟があった。

地図と見比べてみても、やはりここのようだ。

「行こう、お兄ちゃん」

そう言って俺の手を掴むと、引っ張っていく彼女。

俺はそんなシーラに引かれるまま、洞窟へと入っていったのだった。

「洞窟内の地図まであるの、便利だね。ここ、こんなに広かったんだ……」

そう言いながら、シーラが歩いていく。

洞窟内は昼間でもやはり暗いので、俺はたいまつに火を灯して片手に持っていた。

なんかこれだけで冒険感がすごいな、と元々インドア派の俺は思うのだった。

薄暗い洞窟の中は、結構ひんやりとしている。

意外と湿度は低いみたいだ。水場が側にないからだろうか。

「確かにこれなら、食料の保存に向いてそうだな」

「そうなんだよ。でも、こんなに深いなんて、誰も知らなかったと思う」

たいまつを持つ俺の隣で地図を見ながら、シーラが進んでいく。

「足下、気をつけろよ」

「うん、ありがと。あ、ここは右みたい」

食料保存場所から五十メートルほど先の、二股に分かれたところでシーラが言った。

「わかった」

俺たちは右の道を進んでいく。

「そういえば、トラップとかはないのかな？　お宝があるんだし」

危ないことを、どことなくわくわくした声で言うシーラは、心底楽しんでいる。

「いや、あったら俺たち危ないけどな……」

罠の存在は聞かされていない。

言ってから少し不安になって、シーラに尋ねてみる。

「地図には何か注意は書いてないのか？」

「うん、ないよ。そもそも洞窟の地図はお宝のマーク以外、そのまま洞窟のかたちが描いてあるだけだし」

そう言って地図をこちらへと見せてくるシーラ。

念のため俺も確認してみたが、罠に関することは書かれていなかった。

まあ、元々自分たちが後で取りに来る前提で作られているはずだし、島自体結構離れていたこともあり、罠などは仕掛けていないのだろう。

と思いつつ、俺は念のため、自らに『開発促進』を使っておいた。

直感や探知系の能力を伸ばしておく。

まあ取り越し苦労でも、ずっとこの島で生きていくならあっていい能力だろう。

貴族としては、変に勘がよすぎて隠し方がつたないと、いろいろ気取られて面倒なのだ。だが、こちらではその心配はないだろうし。

権謀術数はびこる貴族社会では、なにか仕掛けられたとき、それに感づいたと感づかれることで、より厄介になることもいろいろとある。

この島ではそれこそ、動物を捕るために仕掛けた罠にうっかりと引っかかる、みたいなことを回避できるほうがずっと有用だろう。

ともあれ、そんなわけで一応警戒しつつも、俺たちは洞窟を進んでいく。

「複雑じゃないけど、結構長いね」

「ああ。こんな奥に隠してたんだな……」

何度目かの分岐路を通り過ぎたところで、シーラが呟いたのに答える。

「でも、そろそろだね。次を左に行くとお宝があるみたい！」

「おお、いよいよか」

結局、罠らしい罠もなく、ただ自然にあった洞窟の奥に置いただけらしいな。

まあ、そもそもこの島自体が他所とは交流がなく、かなり隠された地域なので、大昔にはそれで大丈夫だったのかもしれない。

「あれ、ここ……」

「最後だけ一応、隠そうとしたみたいだな」

地図上ではこの奥に広い空間があるのだが、そこは一見すると壁になっていた。

しかしよく見ると、歪ながらもレンガのように人が組み上げたものだとわかる。

「シーラ、少し下がってろ」

「うん」

彼女が安全なところまで離れたのを確認してから、俺は少しだけ作業を進めつつ『開発促進』で、積み上げられた石を地道にどける過程を省略した。

するとすぐに壁は崩れ、足下に石が転がっていく。

「わぁ……すごい」

壁がなくなり、地図通りに空間が現れる。

その向こうには、ハミルトン家がかつて隠したお宝が眠っていた。

俺たちはその空間へ足を踏み入れ、残されたものを調べる。

やはり目立つのは金貨だ。それも今流通しているものとは違う、より純度が高い金貨だった。

今でこそ信用が金貨の価値を担保しているが、当時は純金であることがその本質だったため、これらは単純に今の金貨よりもいいものだ。

他にも様々なアクセサリー、貴金属や宝石が出てくる。

そして今でもハミルトン領の人気商品である定番の工芸品や、当時はより貴重だったであろう本などがあった。

中にはハミルトン家の歴史をやや誇張し、物語調にしたものなどもあって、当時のハミルトン家が残したかったものが読み取れる。

「すごくきれいだね」

金貨や宝石、アクセサリー類を眺めながら、シーラが言う。

「ああ。宝石類はあってもいいかもな……」

大量の金貨は大陸ならかなりの価値があるものだが、この島では使えない。

硬貨としての価値はもちろん、金だからと言ったって、そもそも金に価値がないし。

むしろ、工芸品や本のほうが使えそうだ。

他にも、船の予備パーツみたいなものや、用途のわからない器具類もあった。

俺が詳しくないだけで、これも調べたら何かに使えるのかもしれないな。

「こんなお宝があるなんてすごいね」

「ああ、使えそうなものは持って帰るか」

「いいの？」

「ずっとここにあったものだしな。これだけ残しておけばいいだろ」

俺はハミルトン家の家紋が入った印を指さして言う。

まあ、他のものも全部持ち出せる訳ではないが。

大量の金貨とか、持っていっても仕方ないしな。

本とか器具とか、使えそうなものをいくつか持ち帰れば、今はいいだろう。

ちょっと遠かったものの、危険は別になかったし、必要ならまた取りに来られるしな。

「楽しかったね、お兄ちゃん」

「そうだな」

シーラといっしょに冒険ごっこできたのが、一番の報酬だろう。

そんなことを思いながら、俺たちは宝探しをおえて家へと戻るのだった。

目的だった宝島に辿り着いていたとわかったが、俺にとってはやはりこのお宝よりも、彼女たちとの生活が発見だ。それがあるからこそ、この島に流れ着いてよかったのだった。

「へぇ、それは確かに、楽しそうだね」

帰った後、俺の面倒を見に来てくれたエリシエと夕食を食べ終えた後、のんびりしながらお宝探しの話をしたのだった。

「ああ。こんな経験ってなかなかないからな。まあ、王国の金貨とか、こっちじゃあまり役には立たないけどな」

元々が、ハミルトン家が再起を図るための資産だということもあって、宝はやはり金貨の割合が多かった。また、換金を考えての宝石などもあったが、この島ではそれもどうなのだろうな。

他のところで育ってから流れ着いた人にとっては高価なものという印象だが、何も知らなければちょっときれいな石というだけだし。

この島の開放感と宝石があまり似合わないというのもあるが、そもそも大半がアクセサリーに加工されていない状態だったので、それだけ持ち帰っても、という感じだった。

それなら、本や様々な器具のほうがこちらでの暮らしに役に立つ。

かつてのハミルトン家が財宝だけではなく、いっしょに知識もしっかり残そうとしていたのは幸運だった。ご先祖様に感謝だ。

「それで、いろんなものを作ってくれるの？」

「ああ、役に立ちそうなものができればいいと思って」

俺にあるのは『開発促進』のチートくらいなので、これを使ってこの島の生活が少しでもよくなればいいな、と思っている。

俺自身、生活は楽なほうがいいしな。

ともすると、男だという貴重さが勝るため、エロいこと以外は何もしなくても許される雰囲気なのだ。それはそれでいい暮らしだが、さすがに少しくらいは役立つところを見せたくなってくるのも男心な訳で。

最近の俺は『開発促進』で、思いつく度に道具を生み出しているのだった。

そんなふうに話をしている内に夜も更けていき、俺たちはベッドへと向かった。

「ね、ルーカス……」

彼女はベッドに向かう前に、抱きついてきた。

立ったまま彼女を抱き締め返すと、柔らかなおっぱいが胸板に当たって気持ちいい。

「んっ……ちゅっ♥」

そして軽く背伸びをしてくる彼女にキスをした。

美女の甘い吐息を感じながら口づけを交わし、抱き締めていると、それだけでじんわりとした快感と幸福感が湧き上がってくる。

「んっ……」

キスを終えると、彼女はそのまま身体を下へとずらしていった。

爆乳を俺の身体に擦りつけるようにしながら、胸からお腹、股間へと降りていく。

その動作はとてもエロく、俺を興奮させていった。

そして彼女の顔が、ズボン越しに俺の肉竿に当たってくる。

「ルーカスのここから、えっちな匂いがしてるよ……♪」

「うっ……」

そう言いながら顔を擦りつけてくる彼女に、肉棒が反応してしまう。

「はむっ」

彼女は膨らみ、形が浮き出てきた肉竿を、ズボン越しに軽く咥えてきた。

待ちきれない、というようなその行動が俺の欲情を煽ってくる。

「んむっ……ふふっ♪」

エリシエは妖艶に微笑むと、そのまま手を使わずに口でズボンを咥えて下ろしてきた。

「それ……」

「手を使わないだけなのに、なんだかすごくドキドキするよね……」

そう言いながら、彼女は器用に俺のズボンを下ろし、そのまま下着をも脱がしてくる。

下着から解放された肉竿がびよんと飛び出し、彼女の頬を擦った。

「あんっ♥　すっごく元気なおちんちんだね♪」

嬉しそうに言った彼女は、そのまま立っている俺の前に膝をついて、肉竿をしげしげと眺める。

「こんなに反り返って、逞しいおちんちん……ちゅっ♥」

「うっ……！」

肉棒の先端に軽くキスをしてくる。

期待に跳ねる肉棒へと、彼女は舌を伸ばしてきた。

「れろっ……ぺろっ……」

舌を大きく伸ばして、肉竿を舐めてくる。

「手を使わずに、このままお口だけで気持ち良くしてあげるね……れろっ……」

彼女はその宣言通り、手で肉棒を支えることはせず、顔を動かして肉棒を舐め回してくる。

「れろっ、ぺろっ……ちょっと難しいけど、なんか興奮するね♥」

「ああ……」

エリシエは顔を動かして横向きに舌を這わせたり、唇をスライドさせたりで刺激してくる。

「れろっ、あむっ、んっ……」

手を使わない分、つたなく刺激も少ないはずなのだが、奉仕の光景のエロさが俺を十分に興奮させていった。

「れろろっ……んっ、ふぅ……」

「うぁ……」

舌を伸ばして舐めてくる刺激に加え、彼女の吐息が肉竿周辺をくすぐってくる。

熱く湿った吐息はエロティックに俺を襲い、じわじわと快楽を蓄積させていく。

「れろっ、んむっ……♥　ふふっ、ちょっともどかしい分、どんどん高まってきちゃう……」

そう言いながら、彼女は根元から先端まで肉棒の裏側を舐めてきた。

顔にペニスが乗っかった様子は、ものすごく卑猥だ。

「れろぉ……♥」

そのままのけ反るように舐め上げてくる彼女の舌が、幹を滑り裏筋をくすぐる。

「うぉ……！」

「ここのところ、気持ちいいんだね、ぺろぉ♥」

「エリシエ、うっ……」

彼女は下品なほど大きく舌を出すと、べろりと裏筋を舐め上げてくる。

敏感なところへの刺激と、そのエロすぎる光景に俺の興奮は増していった。

「おちんちん、私の唾液ですごくえっちに光ってるね。それに、我慢汁がとろって出てきてる♥」

彼女はうっとりと肉棒を見つめると、先端から溢れる先走りを舐めとってきた。

「れろっ……ん、ぺろっ」

「うっ、あぁ……」

「舐めてると、先っぽからどんどん溢れてくる……ん、おちんちんぴくんっ跳ねさせたら、ご奉仕するのが難しいよぉ、あっ……♥」

手を使わずに顔を動かして肉棒を追いかけるエリシエ。

先走りを舐めとられる気持ち良さに肉竿が跳ねると、それが彼女の顔を撫でる。

すべすべの肌に擦れていく気持ち良さと同時に、彼女の顔には我慢汁が塗られてしまう。

「あんっ♥」

エリシエはそれをどこか嬉しそうにしつつ、顔を動かして追いかけた。

「咥えちゃえばもう逃げられないよ？　あーむっ♥」

「おうっ……」

先端をぱくりと咥えこまれ、気持ち良さに声を漏らす。

「あむっ……ちゅっ」

「エリシエ、うっ……」

温かな口内に包まれてしまう。

「ん、ちゅぶっ……ちゅぱっ」

「くっ、あぁ……」

彼女はそのまま顔を前後に動かしながら、ちゅぱちゅぱと肉棒をしゃぶってくる。

その気持ち良さにされるがままになっていると、さらに舌を動かしてきた。

「れろろっ……ちゅぷっ……」

口内で舌がローリングするように動き、肉棒を刺激してきた。

「んむっ、れろっ……ちゅぷっ……」

さらに顔が前後して、唇が竿をしごくように動いてくる。

「んむっ♥　ちゅっ、ちゅぷっ……」

顔が後ろに下がるときは、鼻の下が伸びる下品なフェラ顔になる。

エリシエのような美女の、そのはしたない顔は不思議な興奮をもたらすのだった。

「くっ……うっ……」

「んむっ……ちゅっ……ルーカス、動くとしゃぶりにくいよ……ほら、もっと私に身を任せて、れろぉ……♥」

「う、あぁっ……！」

ねっとりと裏筋を舐め上げられると、急に射精感が増し、俺は思わず腰を引いてしまう。

「んむっ……だーめ、逃がさないんだから」

「エリシエ、うおっ……それは」

彼女はあくまで肉棒には手を触れず、けれど代わりに俺の尻へと手を回して、がっちりと抱え込んできた。俺は腰を引くことができなくなり、その淫らなエリシエの口内へとペニスを差し出すかたちになってしまう。

「んむっ♥　おちんちん、逃げられなくなっちゃったね♥　このまま、いーっぱい気持ち良くしてあげる」

そう言うと、彼女は深く咥え込んだ肉棒を吸い込み始める。

「じゅぶっ！　じゅるっ、じゅぶぶぶっ♥」

「あぁっ！　それ、刺激が、うっ……」

急に強くなった快楽に、反射的に腰を引こうとしたものの、がっしりと掴まれているためそれはできない。

「じゅぶっ……ふふっ♥　こうやって、じゅぼっ！　奥ともっと奥で動きながら、いっぱいバキュームしてあげる♪」

彼女は卑猥なフェラ顔で笑みを浮かべると、肉棒を咥え込みつつも前後させ、唇で竿をしごき、舌で舐め回してくる。

「れろろっ……じゅぶっ、ちゅぅうぅぅ♥」

「うぁ、だめだ、うっ！」

そこに吸い込みが加わると、強すぎる快楽に翻弄されて、俺はどうすることもできない。

逃げられない強制フェラチオで腰が砕けそうになり、俺はエリシエの頭に手を置いて身体を支えている。俺が押さえつけて無理矢理咥えさせているようにも見えるかもしれないが、実際はこちらがしゃぶり尽くされているのだった。

「じゅるるるっ♥　んむっ、ちゅぶっ、ちゅぅっ♪」

「う、あぁっ……エリシエ、もう、出るっ……！」

精液を絞りとろうとする口淫に、俺は限界を迎えつつあった。

「ちゅぶっ♥　ちゅっ、いいよ、私のお口にいっぱいだして、じゅぶぶぶぶっ」

「くっ、あぁ……」

エリシエはそれを聞いて、さらにがっしりと俺を掴み、逃げられないようにしてからラストスパートをかけてきた。

「じゅぶぶっ……ちゅぅっ……れろろろっ！　ちゅぶっ、じゅるっ！　あむっ、ちゅっ、じゅぶ、じゅぞぞぞぞっ♥」

「う、あああっ！」

びゅくくっ、じゅるっ、びゅくんっ！

「んむっ!?」

俺はそのバキュームに耐えきれず、彼女の口内に思いっきり射精した。

勢いよく跳ねる肉棒が、吸いついてくる口内に精液を勢いよく注ぎ込んでいく。

「んんっ！　ん、じゅるっ……♥」

その勢いにはさすがの彼女も驚いたようだったが、それでも肉棒は放さずに、しっかりと受け止めていた。

「んくっ、ちゅぅっ♥」

「うぁ……」

射精中の肉棒を口に含んだまま精液を飲まれると、その刺激でまた腰がひけそうになってしまう。

しかし彼女は俺を掴んだまま、しっかりと精液を飲み込んでいくのだった。

「んくっ、んっ、ごっくん♪　あふっ……ルーカスの精液、すっごくどろどろでえっちな味してたよ……♥」

彼女はそう言って、ようやく俺を解放してくれた。俺は壁に寄っかかり、一息つく。

すっかりしゃぶられ尽くしたペニスの気持ち良さに、しばらく浸っているのだった。

「あぅっ……♥　口だけでおちんちんしゃぶるの、すっごくえっちだったね」

「ああ、そうだな……」

思った以上にエロくなっているエリシエに、俺はどうにか頷いた。

エリシエにしゃぶり尽くされて、予想よりずっと消耗してしまったが、もちろんこのままでは終われない。彼女もまだまだ、発情した女の顔で俺を見つめている。

「ね、ルーカス……」

彼女は自ら服を脱いで、裸になっていく。裸を既に見たことがあっても、服を脱いでいる姿というのは不思議なエロさと期待感があるものだった。

隠れていたものが現れる、というのがエロいのかもしれない。

そうして服を脱ぎ終えた彼女のアソコからはもう蜜が溢れ、内腿に伝っていた。

「私も……、あんっ♥」

俺は彼女が言うよりも先に、ベッドへと押し倒す。そしてそのまま、足を広げさせた。

「あぁ……♥　そんなに広げられたら、恥ずかしいよ……」

「さっきの、しゃぶってる顔も相当エロくて恥ずかしいはずだけどな」

「うぅ……♥」

俺の肉棒はあんなにドスケベにしゃぶっていたくせに、自分の秘部を見られるのはまだ恥ずかしいらしい。俺はそんな彼女の秘部へと顔を埋めた。

彼女のそこは薄く花開き、ピンク色の襞が震えている。

もう充分に潤い、肉棒を待つようなその花園に、俺は口をつける。

「ひうっ♥」

彼女はピクンと身体を揺らした。俺は漂う女の香りを吸い込みながら、その蜜を舐めとる。

「んっ♥　ふぅ、んっ……」

艶めかしい吐息を漏らす彼女からは、さらに愛液が溢れてきていた。

「れろっ……」

「んぁっ♥　あぁ……ルーカス……」

先ほどのお返しに、俺は彼女のアソコを舐めていく。

割れ目に舌を入り込ませて、震える襞を舌でなぞっていく。

「ちゅくっ……ぺろっ」

「んぅっ、あっ♥　舌が中に、んぅっ……」

女の味を感じながら、俺は彼女のおまんこを舐め回していく。

指や肉棒よりも柔らかな舌が、彼女の花園を蠢いていった。

「んぅっ……あぁ……私の中までじっくり見られて、そんなにペロペロされて……っんぅ。あ、んくぅっ♥」

恥ずかしがりながらも、彼女の声が色めいているのがはっきりとわかる。

俺は襞を舐め上げてから一度舌を抜くと、今度はその花弁の上にちょこんと鎮座している、もっとも敏感な場所へと舌を這わせた。

「んくぅっ♥　あ、そこ、あぁ……♥」

クリトリスに舌を押し当てて、刺激していく。

「んぁっ♥　あっ、そこ、ん、んぅっ……♥」

敏感な陰核を刺激すると、彼女は身体を震わせる。

俺はクリトリスを舌で愛撫しながら、その下の膣口へと指を忍ばせた。

くちゅりといやらしい音を立てながら、俺の指が彼女の中へと入っていく。

「あっ、もう、ん、あぁっ……ルーカス、もっと、んぁ、ああっ……♥」

指先で膣内をかき回すと、内と外、両方の快楽に彼女が高まっていく。

「あ、ああっ♥ もっと、んぁっ太いの……おちんちん、挿れてぇっ……！」

エリシエはエロく喘ぎながら、おねだりをしてきた。

そんなふうに言われては、応えないわけにはいかないだろう。

俺はおまんこから口を離すと、体勢を変えて、肉棒を彼女の入り口へと当てる。

「んぁっ♥ あうっ……」

粘膜同士が触れ合うと、エリシエは期待に甘い声を漏らした。

俺はそのままゆっくりと腰を進め、彼女の膣内に挿入していく。

「あぁっ……！ ん、くぅっ……！」

ぬぷりと肉竿が膣内へと沈んでいく。

もう十分に潤っている彼女のそこが、肉棒を受け入れていった。

「あふっ、んぁっ……」

熱くうねる膣襞に包まれながら、俺は腰を動かしていく。

「あんっ♥ あっ、んぅっ……」

肉棒が膣襞を擦り、彼女が甘やかな声をあげる。

俺は美女とひとつになるその気持ち良さを感じながら、腰を動かしていった。

「あふっ、あっ、あぁ……ルーカス、んぅっ……」

「さっきはずいぶん搾り取ってくれたからな。今度はこっちが、ほらっ」

「んくぅっ♥」

奥まで肉棒を届かせながら、最初からハイペースで腰を振っていく。

「あっあっ♥　や、んぅっ！　そんなに突かれたら、んぁっ、おかしくなっちゃうっ！　あっ、んはぁぁぁっ！」

ズブズブとピストンを行っていくと、既に気持ち良くなっていた彼女は乱れていく。

「あんっ！　ん、あぁ……そこ、んぁっ……」

「ここがいいのか？」

「ひうぅぅぅっ♥」

敏感に反応したところを、再び肉棒で擦り上げる。

するとエリシエはひときわ大きな嬌声をあげて、身体を跳ねさせた。

その弱点を意識しながら、俺は腰を動かしていった。

「あふっ、んぁっ、あっ、だめっ……♥　んぅぅっ、あっ♥　もう、それっ、イクッ！　あぁっ……んはぁっ……！」

彼女の息が途切れ途切れになり、余裕がなくなっていくのがわかる。そんな反応とは裏腹に、おまんこはきゅうきゅうと肉棒を締めつけて、より快楽を得ようとしている。

俺はその淫らな膣襞を擦り上げて、彼女を高めていった。

「あはっ♥　もう、あぁっ！　イっちゃう♥　んぁ、あっ、んくぅっ！　あふっ、あっあっ♥　んぁ、あうっ♥」

色濃い彼女の嬌声とともに、蠕動する膣襞が絡みついてくる。

俺はしっかりとその内襞を擦り上げて、腰を打ちつけていく。

「んはぁぁっ！　あっ、んくぅっ♥　イクッ、もう、あぁっ……んぁ、イクイクッ！　イックゥウウウッ！」

ぎゅっと身体に力を込めながら、エリシエが絶頂した。

その瞬間、膣襞はいっそう肉棒を強く咥え込んで蠢動していく。

「くっ……」

その気持ち良さに声を漏らしながら、俺はさらに腰を振っていった。

「ひぐうぅぅっ♥　あ、ああっ♥　今は、んぁっ、イってるっ！　イってるからあぁっ♥　んぉっ、あうぅっ！！」

絶頂おまんこをかき回し、俺は射精欲の高まるまま腰を打ちつけ続ける。

「あふっ、あっあっ♥　おちんちん、膨らんで、んぁっ♥　あうぅっ、今出されたらっ、またイっちゃうっ♥　イってるのにぃっ、あぁっ！」

止めるような言葉を言いつつも、彼女の声は期待に満ちていた。

どのみち、俺はもう腰を止められない。はしたないほどにうねり、精液を求めるような膣襞の快楽に、逆らうことなどできはしないのだった。

「くっ、エリシエ、出すぞっ……！」

「ひぅっ、あっ、あぁっ……♥　おちんちん、奥まできてっ、あっあっ♥」

「ぐっ……出るっ！」

「んはぁぁあぁあっ♥」

俺は肉棒を深く突き刺し、そのまま彼女の中で果てた。

脈動する肉棒が、二度目とは思えない程の勢いで精液を吐き出していく。

「んくぅうぅうっ！　あ、あぁっ……♥　熱いの、びゅくびゅくでてるっ♥　私の奥に、んぁ、せーえき、出てるよぉっ……♥」

中出しを受けて彼女は再びイったようで、歓喜で膣襞が震えている。

俺はそのまま中にたっぷりと精液を注ぎ込んで、肉棒を引き抜いた。

「あぅっ……♥　ん、ふぅっ……」

連続絶頂で体力を使い果たしたのか、彼女はまだぼんやりとしていた。

その表情は快楽に蕩けきっており、ものすごくエロい。

それに、脱力したまま呼吸に合わせて揺れる肢体も魅力的だ。

先ほどまで繋がっていた場所は、まだ快楽の余韻に緩み、混じり合った体液をこぼしてしまっている。あまりに淫猥なその光景を俺は満足感と共に眺めていた。

「あぅっ……ルーカス……♥」

彼女はまだ力を入れられないまま、うっとりとこちらを見つめてきた。

「んっ……」

そんな彼女にキスをして、そのまま隣に寝そべる。

「ルーカス、ちゅっ♥」

彼女は俺に抱きつきながら、キスをしてきた。抱き締めた身体は、行為の余韻で熱い。

なめらかな肌にはわずかに汗が浮かび、その激しさを伝えてくる。

「んぅっ……ふぅ……♥」

艶めかしい吐息を漏らす彼女の、その柔らかな身体を抱き締める。

乳首が立ったままのおっぱいが押しつけられて、爆乳の柔らかさとこりこりとした乳頭の感触が感じられる。

「あっ♥ んっ……」

俺が少し体を動かすと、擦れることとの気持ち良さにエリシエが色っぽい声を漏らす。

「あぅっ、ルーカス、ぎゅっ……」

彼女はより強く抱きついてきて、俺の身体に顔を埋めてきた。

「ん、ふぅっ……」

やがて、エリシエの呼吸も落ち着いてくる。

けれど抱き合ったままの身体は、まだ熱いままだった。

俺たちはそのままゆったりと、ベッドでいちゃついているのだった。

第三章　流れ着いた令嬢

宝探しで遊んだりもしつつ、俺の生活は続いていた。

この島での暮らしにも慣れて、もうすっかり村になじんできた気もする。

その分、いろんな女性の相手をすることも増えてきていて、まさに憧れのハーレム生活だ。

また、いろいろな人から話を聞いて、『開発促進』で便利なアイテムを作っていった。

稲を刈るための器具や製粉のための器具などを作ったりした。

そのときに思ったのだが、やはりこの島には様々なものが眠っているらしい。

不思議といろんなものが流れ着いているのもそうだが、大陸でさえ最新に近いようなものが、意外にもガラクタから再現できていたりする。

まあ、これはスキルによるところも大きいのだが、元となるアイテムが不思議と揃ってしまうのだ。不思議と言えば不思議なことだが、まあ便利なのでいいだろう。

元々生活に困らなかった島がどんどん過ごしやすくなっていき、その分、みんなにも時間の余裕ができていた。

それぞれが自由に過ごしているが、その時間で、ハミルトン家の財宝から持ってきた本を読む者も多い。

まあその結果として……俺の元に女性が訪れることも増えていたのだった。

時間ができた分、エロへの好奇心が増していったのだろう。

俺としてはそれも大歓迎なので、よかったといえる。

どんどん過ごしやすくなるこの島は、まさに楽園だ。

そんな俺の元に、今日はシーラが訪れていたのだった。

「ねえねえルーカスお兄ちゃん、今日は試したいことがあるんだけど、いい？」

「ああ、どうしたんだ？」

俺が尋ねると、彼女は無邪気な笑顔で言った。

「お兄ちゃんを気持ち良くする方法を教わってきたから、試してみたくて」

「なるほど」

女の子同士で猥談している、というのは普通といえば普通なのだろうが、やはり男としては興奮するな。

エロいことを教えあっている図というのも良さそうだ。

そんなわけで、シーラと共にベッドへと向かう。

彼女も最初のセックス以来、よくそういう目的で俺の元を訪れているのだった。

性的にどんどん成長していく彼女は、すっかりえっちな女の子になってしまっている。

俺としてはとても嬉しいことだ。

そしてベッドへ移動すると、彼女は胸元をくつろげた。

ぷるんっ、と柔らかそうに揺れて、シーラのおっぱいが出てくる。

丸みを帯びた大きなおっぱいが、俺を誘うように揺れている。

「ふふっ、お兄ちゃんはおっぱい好きだもんね」

「男はそういうものなんだよ」

そんなことを言いながら、俺はさっそくそのおっぱいへと手を伸ばした。

「あんっ」

むにゅんっとその柔らかさを堪能しながら揉んでいく。

「もう、お兄ちゃんっ……」

彼女は注意するようなことを言うものの、その声には嬉しさが滲んでいる。

俺も、シーラのおっぱいを揉めて、うれしいところだ。

そのままむにゅむにゅと胸を揉みしだいていると、色っぽい声が上がってくる。

「んっ……ふぅ、うぅ……やっぱり、お兄ちゃんの手、すっごくえっちで気持ちいいよ……♥　あふっ、んぅっ……！」

両手でこねるように胸を揉み続けると、シーラの顔も蕩けてくる。

「うぅ、ん、あぁ……だめぇっ……今日は、わたしがお兄ちゃんを、んっ、気持ち良くするんだからぁ……♥」

甘い声で言いながら、シーラは俺のズボンへと手を伸ばして脱がせてきた。

俺は胸を揉む手を緩めながら、彼女が脱がせてくるのに協力する。

そして彼女は肉棒を取り出すと、俺をベッドへと押し倒した。

「もう、お兄ちゃんがだいすきなおっぱいで、気持ち良くしてあげる♪」

「おぅっ……」

彼女は俺の上に乗ると、その大きなおっぱいでそそり勃つ肉竿を挟み込んだ。

柔らかな乳圧を感じ、思わず声が漏れてしまう。

「ふふっ。お兄ちゃんのおちんちん、わたしのおっぱいに埋もれちゃった……あっ♪　もう、すごい元気になってる」

そう言って、彼女が胸をぎゅっと寄せる。

「うっ……」

「大きいおちんちん、はみ出してきちゃったね♪」

双丘の谷間から、亀頭が顔を出す。

「ふー♪」

「うぁっ、シーラ……」

彼女はその飛び出た先端に、息を吹きかけてきた。

くすぐったさと気持ち良さに、思わず腰を浮かせてしまう。

「あんっ♥　おちんちんすごく熱くて、お胸があったかい」

「う、シーラの胸こそ温かくて気持ちいいぞ」

「そう？　それじゃ、もっとぎゅーってしてあげる」

「うぉっ……」

彼女は両手でおっぱいを押し潰して、肉棒をぎゅっと挟み込んだ。

シーラの乳圧が気持ち良く肉棒を包み、じんわりとした快感を送り込んでくる。

「くにくに、むにむにっ……♪」

「シーラ、それっ……」

彼女は楽しそうに胸を動かし、肉竿を刺激してくる。

その緩やかな快感に、俺はすっかりとろかされてしまった。

「お兄ちゃんのおちんちんも、おっぱいが大好きなんだね……♥」

嬉しそうに言うシーラが、大きなおっぱいで肉竿を翻弄していく。

「んしょっ……それで、こうやって……」

「シーラ、うっ……」

彼女は両手ですくい上げるように胸を持ち上げ、肉棒を擦ってくる。

なめらかな肌とむにゅむにゅのおっぱいが、肉竿を擦り上げて気持ちがいい。

「んっ♥　お兄ちゃん、気持ち良さそうな声でたね♪　それじゃあもっと、んっ」

「くっ……」

彼女のパイズリは探り探りではあるものの、その恵まれたおっぱいもあってとても気持ちがよかった。

それに加え、幼く見える彼女にパイズリ奉仕してもらっているというのも、背徳感を刺激していいものだ。

「ん、しょっ……。よいしょっ……」

「あぁ……」

誰かに習ったとおりに一生懸命パイズリする姿が、俺をさらに興奮させる。そうした彼女のパイズリを楽しんでいると、シーラ自身もだんだんと盛り上がってきたみたいだった。

「んっ……ふぅっ……♥　お兄ちゃんのおちんちん、すごく張り詰めて、えっちな感じになってるね……♥」

「うっ……」

「こうやって、んっ……上下に動かすと……♥　おちんちんのさきっぽが、埋もれたり出てきたりっ、んっ♥　あぁ……」

うっとりと亀頭を眺めながら、彼女がパイズリを続けていく。

だんだんとその胸もしっとりしてきて、幹の滑りがよくなってくる。

「あふっ♥　あぁ……おちんちん、こんなに硬くて……♥　すごいよぉ……。お兄ちゃん、気持ちいい？」

「ああ……すごくいいぞ……」

俺が答えると彼女は嬉しそうにして、さらに胸を揺らしていった。

「そうなんだ♪　わたしのパイズリ、気持ちいいんだ……」

「ああ。もちろんだ」

だんだんとなれてきた胸の動きが、肉棒を心地よく圧迫しながら擦れてくる。

「あっ♥　ん、本当だ……お兄ちゃんの、んっ、おちんちんの先っぽから……。えっちなお汁、溢れてきてる♥」

彼女がぎゅっと胸を締めると、肉竿から我慢汁が押し出されてくる。

それが彼女の胸を汚し、くちゅりと音を立てながら潤滑油になってきた。

「あふっ……♥　おにいちゃんのえっちなお汁っ……♥　わたしのおっぱいになじんできちゃう♥」

「う、シーラ、すごくエロいぞ……♥」

「あうぅっ……♥　だつて、んっ、こんな硬いおちんちん目の前にして、んっ、えっちな気分にならないほうがおかしいよぅっ……♥」

「うぁっ……」

彼女は興奮のまま胸を揺らし、俺を追い詰めてくる。

「ん、しょっ……お兄ちゃん、んっ、おちんちん、また膨らんでるっ……」

「ああ、シーラの胸が気持ち良すぎて、そろそろ出そうだ」

「そうなの？　ふふっ、よかった。それじゃ、ん……そのまま、あふっ♥　わたしのおっぱいに出してっ……」

「ああっ……！」

彼女はさらに大きく胸を揺らし、肉棒を刺激してくる。

その動きに誘われるまま、俺は高められていった。

「あふっ♥　おにいちゃん、んっ……あふっ……。わたしのパイズリで、んっ♥　いっぱい気持ち良くなってね♥」

「う、でるっ……」

「ん、しょっ、あっ♥　ん、えいっ♪」

「くっ……！　もうダメだ、出る！」

俺は彼女の胸で射精した。勢いよく飛び出した精液が、彼女の顔と胸を白く汚していく。

「ひゃうっ♥　あっ♥　んっ、お兄ちゃんの精液、すごい勢いで出てきたぁ♥」

白濁液で顔を汚しながら、シーラがとてもエロい表情を浮かべた。

「あぅ……」

幼い顔の上を、とろりと精液が垂れているのは犯罪的なエロさだ。

「ふふっ、いっぱい気持ち良くなってくれたみたいで、よかった……♥」

彼女はいつもとは違う妖艶な笑みで言うと、そのまま俺に跨がってくる。

「ね、お兄ちゃん……」

そして自ら服を脱ぐと、その潤んだオマンコをこちらへと見せてくる。

つるりとしたそこは、けれどもう女の蜜で濡れていた。

「わたしも、んっ……疼いてきちゃった……♥」

そう言って、自らの割れ目をくぱぁっと押し広げる。

その淫猥な姿に、出したばかりの肉棒がぴくりと反応した。

「あふっ……♥　次はわたしのここに、お兄ちゃんのおちんちん、挿れちゃうね……？」

そう言うと、硬いままの肉竿を掴み、自らの割れ目へと導いていく。

「んっ……♥　あ、あぁ……♥」

「うぉっ……」

そしてそのまま腰を下ろし、彼女はその蜜壺に肉棒を収めていった。

ぬぷり、と膣内に肉竿が飲み込まれていく。

「ん……♥　くぅ。ふぅっ……」

騎乗位になったシーラが、そのままうっとりと俺を見下ろした。

「あふっ……お兄ちゃんのおちんちんが、わたしの中をぬぷぬぷ広げちゃってる♥」

いつもとは違うエロい笑みを浮かべながら、彼女が言った。

「んっ♥　あっ、ふぅっ♥」

そして俺の上で、シーラがゆっくりと腰を振っていく。

下から見上げると、幼さを感じさせる彼女の大きな胸が強調されて見えた。

「あっ、くぅっ……♥　こうやって、ん、腰を振るの、あんっ！　なんだかすっごい興奮する♥」

そう言って身体を揺らすたび、おっぱいが跳ねて目を惹いてくる。

見上げると、やはり迫力が違う。

そんなことを思っていると、膣内がきゅっと締まって肉棒に快感を与えてきた。

彼女は俺を見下ろすと妖艶な笑みを浮かべ、さらに激しく腰を動かしていくのだった。

「あふっ♥　ん、あぁっ……ルーカスお兄ちゃん、んぁっ、ああっ……♥」

発情顔で腰を振るシーラ。その蜜壺がきゅうきゅうと肉棒を咥え込んでいる。

女性というのは誰もが、騎乗位になると途端に大胆になるものだ。

蠢動する膣襞に絡みつかれ、俺のモノはどんどん高められていった。

「あふっ……♥　ん、あっ……」

「シーラ、うっ……」

一生懸命に腰を振るシーラはいじらしく、それでいてエロい。

「んはぁっ♥　あっ、お兄ちゃん、んぅっ……！」

興奮に合わせ、彼女の腰が大きく動いていく。

「あふっ、ん、あぁ……お兄ちゃんのおちんちん……すっごく元気で、んぁっ……わたしの中、つんつんしてくるのぉ♥」

「う、あぁ……シーラこそ、すごい締めつけてきて……」

狭いおまんこにきゅうきゅうと締められて、肉棒がとても気持ちいい。

「んはぁっ♥　ひうぅ、あぁ……♥」

彼女が腰を振っていき、俺の上で跳ねている。

「ひうっ♥　あっ、あぁ……♥　んぁ、ああっ……！」

おっぱいとサイドポニーが揺れるのを眺めながら、俺の肉棒は彼女のおまんこに咥えこまれ、どんどん昂ぶっていく。

「あっあっ♥　ん、あふっ、お兄ちゃん、んぁっ！」

彼女の興奮が高まるにつれて、その声と動きが大きくなっていった。

「んはっ♥　あっあっ♥　だめ、んぁ、ああっ……！」

「うっ、シーラ、くっ……！」

俺はその気持ち良さを感じながら、こちらからも腰を突き上げた。

「ひくぅううっ♥　んぁ、ああっ……！　お兄ちゃんっ！　それ、んぁっ♥　だめぇっ！　奥、突くのぉっ」

ふたりで腰を動かす分、膣内深くに肉棒が届いていく。

彼女の一番奥、子宮口に届いた肉棒が、そこをツンツンとつついていった。

「んぁあああっ♥　あっ♥　だめ、そんなに奥、入らないよぉっ……！」

「う、あぁ……シーラ……そんなこと言うわりにっ……！」

彼女の子宮口はくぽっと肉棒を咥え込んで、吸いついてくる。

「ひぅっ♥　あぁっ……♥　だめ、んぁ、そんなにされたら、あふっ……気持ち良すぎて、壊れちゃうよぉっ……♥」

シーラがはしたない声をあげながら、その言葉とは裏腹に、激しく腰を動かして肉棒を締め上げてくる。

「う、あぁ……」

幼いおまんこが肉竿をしゃぶり尽くしてくる気持ち良さに、俺も限界が近づいていた。

「ひぅっ♥　あ、あぁ……♥　らめ、らめぇっ……♥　お兄ちゃんっ、わたし、わたしっ……！　あっ、ああっ……！」

「うっ、くっ……」

快楽に任せるまま腰を振るシーラを、俺も下から突いていく。

「ひうっ、あっ……もう、だめっ……んぁっ♥　わたし、あふっ、イっちゃう……！　んぁ、ああっ、んくぅっ！」

「う、俺も、そろそろ……」

「んくぅうっ♥　おちんちん、ぷくって膨らんで、あっ、だめっ、奥っ、くりってするのぉ♥　あっ、ああっ……！」

嬌声を上げるシーラの身体が跳ね、そのおっぱいも弾んでいく。

眼福な光景を眺めながら、俺も限界を迎えた。

「ひうぅ……♥　んぁ、ああっあっ♥　だめ、んぁ、イクッ！　イクウゥッ♥　あっあっ♥　んくうううぅっ！」

びくんと身体を跳ねさせながら、シーラが絶頂した。

その瞬間、膣内がぎゅっと締まり、肉棒を絞り上げる。

「う、出るっ……！」

その締め上げに応える形で、俺も射精していった。

「んはぁぁぁぁっ♥　あっ、あぁ……！」

肉棒が脈打ちながら、膣内に精液を放っていく。

「ひぅっ、んあああぁ♥　お兄ちゃんの精液、いっぱい、んぁっ♥　わたしの中に、でてるぅっ……！」

彼女はうっとりと言いながら、その膣内をひくつかせていく。

「う、あぁ……」

収縮中のおまんこに精液を押し出しながら、俺も放心するのだった。

「はぁ……はぁ……お兄ちゃん……」

俺の上に跨がったまま、彼女がうっとりと見下ろしてきた。

そして俺の手をきゅっと握る。

彼女の小さな手を、俺も握り返した。

「ふぁ……♥　あぁ……」

絶頂し精液を注がれて、彼女はしばらくそのまま、俺の上で呼吸を整えている。

そんな艶やかな姿を眺めながら、俺もしばらくはそのまま寝そべっていたのだった。

●

そうして過ごしていたある日。

山菜採りから戻ってくると、村中がいつもより騒がしかった。

「どうしたんだ？」

俺は近くにいた子に聞いてみる。

「あ、ルーカス、おかえり。……また人が流れ着いたんだ。今、エリシエが様子を見てる」

「なるほど……。とりあえず大丈夫そうなのか？」

「うん。この島に流れ着いてくる子は、不思議とみんな助かるしね。やっぱり、なにか加護があるんだよ、きっと」

やはり、それなりに何か理由があるということなのだろうか。確かに不思議だ。

「ルーカスが流れてきたときは、本当に騒ぎになったけどね」

そう言いながら、少し妖しい視線を送ってくる彼女。

初めての男が流れ着いたということで、まあいろいろとあったのだろう。

「ね、ルーカス、この後時間あるでしょ？」

「ああ、まあ……」

「エリシエは、流れてきた子の面倒見てるからね。その子も、いきなり男のルーカスが顔を出しても、びっくりしちゃうでしょ」

「まあ、たしかに」

どうせなら、寝ている間の面倒なのは同性に見てもらったほうがいいだろう。女性なら特に。

俺がいても役に立てないわけだし、彼女の言うとおりだった。

「そしたらうちにきなよ。シーラがエリシエを手伝うだろうし、ひとりでご飯はさびしいでしょ。で、その後は……ね？」

彼女は意味ありげな笑みを浮かべる。こうして島の女性に誘われるのは、珍しいことじゃない。

村長やエリシエが言ったとおり、俺はこの島でいろんな女性たちと身体を重ねているのだ。

「まあ、そうか。じゃあ声だけかけてくる」

「うん、じゃ待ってるね♪」

そう言った彼女と一度別れて、まずはシーラの所へと向かった。

「あっ、ルーカスお兄ちゃん、あのね――」

彼女からあらためて救助の話を聞き、シーラがエリシエの手伝いをすることも聞く。

やはり男である俺は、いきなりはいないほうがいいだろう。

俺は先ほどの通り話し、シーラを応援して別れたのだった。

「しかし、流れ着いてきた人か……」

この島にとってはよくあることらしいが、俺にとっては初めてのことだ。

無事だったみたいだし良かったと思いつつ、やっぱり少し気になってしまうのだった。

「まあでも、俺が気にしても仕方ないことか」

エリシエたちや、村のみんなが面倒を見て、その人も回復していくのだろう。

そして俺は村人として初めて、他の子を迎えることになるのだ。

それはなんだか、不思議な感じがしたのだった。

●

流れ着いてきたのは、リズベット・フーシェという女性らしい。

フーシェというと俺が元いた国の男爵家と同じ家名なのだが、どうやらリズベットはその娘だということだった。

同じ国の出身、ということで、俺はひとまず落ち着いた彼女と会うことになった。

リズベットはこの島の女性と違って普通に男と接してきたはずだから、俺と会ってもどうということもないだろう。

俺は彼女がいる、エリシエの家へと向かう。

そして、エリシエの隣で俺を待っていたリズベットへと目を向ける。

彼女は綺麗な赤い髪を伸ばし、すっと通った目鼻立ちをしているお嬢様だ。

ただ、そんな彼女もすでに衣装はこの島風のものだったので、白い肩やお腹などが大胆に覗く格好となっていた。

同じ国の貴族なら、普段はもっとゴテゴテの、露出度の低いドレスを着ているのだろう。

その令嬢が人前でそんな格好をしていると思うと、少し違ったおもむきがあるな。

それは彼女も思っているようで、少し恥ずかしそうにしながら挨拶をしてきた。

「ルーカス・ハミルトン様、わたしくしはリズベット・フーシェと申します」

「ああ、リズベットさん、ひとまず、無事で何よりです。お加減はいかがですか？」

俺が尋ねると、彼女はやや安心したように応える。

「おかげさまで、助かりましたわ。この島に流れ着いたことも幸運でしたし、ルーカス様がいらっしゃったことも幸運ですわ」

助かったとはいえ見知らぬ島。

そこに同じ国の人間がいたとなれば、やはり安心するのだろう。

俺とリズベットはこれといった交流があった訳ではないが、同じ国の貴族同士だ。

お互い跡取りではないから個人的な繋がりはないが、実家同士にはきっと、様々な交流もあったことだろう。

この島で唯一、世間話が出来る相手と言える。

まったく知らない人間だらけよりは、かなりマシなのだろう。

そのおかげか、少し落ち着いたリズベットが話を切り出した。

「ルーカス様のほうは、いつ頃迎えが来ますの？　恐縮ですが、わたくしもいっしょに助けていただきたいのです。こちらの方々に助けていただいたお礼も、早いほうがいいと思いますし。わたくし、流れ着いたのはいいものの、何も持っていなくて……」

少し申し訳なさそうに切り出すリズベット。

とはいえ、困っている人間をできる範囲で助けるのは当たり前のことだし、彼女の要求は俺たちの国でなら、何もおかしなことじゃない。

貴族令嬢ひとりをいっしょに船に乗せるなんてのは、大抵の者がＯＫを出すだろう。貴族であれば、名誉なことですらある。

もちろん、先に流れ着いた俺が救援要請を出せていて、ほどなく船が来るのなら……だが。

「ああ……それなんだが……」

おそらく、不安そうな彼女にはまだ、誰もその話をしていなかったのだろう。

待てばじきに助けが来る、と信じていそうなリズベットに、俺は切り出した。

「この島は他と交流を持っていないらしくてな。ここから外――本国に、俺たちの漂着が知られることはまずないんだ」

「えっ……？」

俺の言葉に、彼女は首を傾げる。

まあ、それもそうだろう。貴族のお嬢様には、想像できないのかもしれない。

根っこが元現代人の俺には、もちろん分かる。

インターネットや飛行機、タンカーがある現代ならともかく、帆船がメインとなるこの世界では、技術力やコストの問題で互いに発見できていない大地がまだまだあるのなんて、当然のことだとわかっている。

けれど王国で生まれ育ったリズベットにとっては、海の向こうも含めて、本国と交流のあるいくつかの他国だけが世界の全てなのだ。

それは彼女が無知というわけではなく、こちらの世界ではまだ、交流のない地域は存在自体を知りようがないのだ。

なまじっか王国がある程度安定していて、さらなる豊かさを求める必要が貴族にとってはない、というのも大きい。

そのため、新天地を求める大規模な調査なども行われていない。

ハミルトン家の財宝探しのような、形だけのものがいくつかあるだけだ。

と、そんな訳で、この島に助けが来ることはまずない。

そもそも、ここがハミルトン家の探していた宝島だということは、王国の船では基本的にはたどり着けないと地だと言うことでもある。

こちらから出航するのは可能なのかもしれないが、自然と迎えが来ることはない。

「そんな……」

リズベットはショックを受けたような表情で呟いた。

まあ、普通はそうだろうな。帰れないとなればショックなはずだ。

元の生活に未練もあるだろう。特に貴族なのだしな。俺のように、現状をあっさり受け入れるほうが変わっている。

とはいえ、基本的にどうしようもないのも事実だ。

そのあたりは、時間が解決しいってくれるのを待つしかない。

「まあ、だからすぐに迎えが来ることはないんだ。まずは連絡を取る手段からってことになるから、気長に構えていたほうがいいですよ」

「そうですか……」

彼女はやはり、受け入れられていない様子だった。まだそっとしておいたほうがいいだろう。

俺は、困ったことがあれば話を聞くと言い残して、ひとまずそこを後にしたのだった。

しかしその時。リズベットと共に、いろいろなものが流れ着いていたらしい。

俺はエリシエといっしょにそれらを見にいった。

「ルーカスなら、何に使うかわかるものもあるかと思って」

「ああ、そうだな」

いっしょに流れ着いたことから、リズベットの船からの可能性も高い。

しかし彼女はまだショックが大きいし、そもそも船員ではなくお嬢様だから、船の部品などに関してはわからないだろう。

そのあたりは俺もいっしょだが、先日ハミルトン家の財宝を持ち帰ったときに、ある程度の本を見つけていたのだ。

本の内容は誇張されたハミルトン家の歴史や、貴族賛美の物語もあったが、航海術や造船技術についてのものもあった。

実用的な本を残してくれた先祖に感謝だ。

もちろん、今では古い知識ということになるのだろうが、海上での保存食などはともかく、星空や潮風、潮流を読むという点に関しては今も昔も大して変わっていないので役にたつ。

「さっき、リズベットに助けは来ないと言ったが――」

様々な本とチート能力である『開発促進』を合わせれば、この島からの脱出も不可能ではないのではないだろうか？

女性ばかりが助かることや、この宝島が長い間発見できなかった不思議な力への検証は必要かもしれないが、船を作って島を出ることはできるかもしれない。

まあ、俺は国へ帰るつもりなんてないし、もうこちらの暮らしに慣れている人のほとんどがそうだろうけれど。

でも、帰りたがっているリズベットなどは、それがいいのかもしれない。

とはいえ、まあ時間は結構かかりそうだ。船は基本的に木造で、木材ならたくさんあるとはいえ、『開発促進』も無限に連発できるというわけではなく、そこそこ疲れるものなのだ。

なにかしらのパワーを消費しているのだろう。

時間が経てば戻るため、こつこつと進めていけば、いずれはできるとは思うが。

しかし、どうだろう。

木材以外の必要な部品が流れ着くのは、待たなきゃいけないしな。

リズベットに話してみるか。時間はかかっても帰れるとなれば、喜ぶかもしれない。

「何か良さそうなものあった？」

声をかけてきたエリシエに振り返る。

ここ数日はリズベットのお世話そしていたこともあり、彼女とふたりで過ごすのはなんだか久しぶりな気がした。

「いや、まあなにかには使えそうだけど、現状、みんなが困ってることもあまりないみたいだしな」

「ルーカスが来てから、みんな楽になったって喜んでるよ」

「役に立ててるならよかった」

俺はずっと、こっちで暮らしていくつもりだしな。

「いろんなことも、教えてもらえたしね」

そう言って意味深な笑みを浮かべるエリシエ。その姿に、俺は少しむらむらとしてしまう。

「リズベットも少しは落ち着いたから、今日はいっしょにうちでご飯食べようか？」

「ああ、いいかもな」

彼女の言葉に、俺は頷く。

夜のほうはまあ、さすがに隣にリズベットがいたら無理だろうが。

●

そんなわけでいっしょに夕食を取り終えた後の、のんびりとした時間。

俺、エリシエ、シーラ、リズベットの四人でぼんやりと過ごす中で、俺は切り出した。

「そうだリズベット、王国に帰る件なんだけどな」

「!? ルーカス様、なにか、連絡を取る手段が見つかりましたの!?」

彼女がすごい勢いで食いついてくる。

「連絡というか、島外とのやりとり自体がない以上は、自力で王国に帰り着くしかないんだけどな。

ああ、それと、この島で暮らすなら俺に『様』はいらない」

実は先ほども、ここでは貴族ではないし、自分はどちらにせよこの航海をもって貴族じゃなくなる人間だからと説明したにもかかわらず、彼女はまだまだ堅苦しい。

まあ、貴族同士ならそれが普通っていうのもあるんだろうが。

「言い方もよくなかったかな。つけなくていいじゃなくて、つけないでくれ。郷に入りては郷に従え。この島ではそういうのはなしだ」

「そう、ですわね……まあ、確かにそうですし……エリシエのことなどは、もうそう呼んでいますしね」

「むしろなんで俺だけ様なんだ。元貴族だからか？」

俺が尋ねると、彼女はごにゅごにゅと濁しながら、小さく言った。

「つだってその……殿方を呼び捨てにするなんて……そんなの、恋人とか、親しい間柄だけのもので……うぅ……」

ほとんど聞き取れなかったものの、なんとなく言いたいことはわかった。

その、名前を呼び捨てにするだけで恥じらう乙女な部分と、この島らしい大胆な格好が合っていなくてギャップ萌えがすごい。

本人が望んでの格好ではないものの、処女ビッチ感が素晴らしい。

「る、ルーカス」

「おう」

恥ずかしがりながら言った彼女に、俺はポーカーフェイスで応える。

内心、そんなリズベットをもっと眺めていたいところだ。

「そ、それで、帰る手段についてなのだけれど」

「ああ、そうだな」

俺は話を戻す。

「パーツを待たなきゃいけないからすぐって訳じゃないが、船を作ることはできそうなのと、航海術や操船の本があるから、リズベット自身にそれを覚えさせることはできる。覚えるほうは、俺の能力を使えばすぐだな」

「能力……？」

「ああ」

俺は簡単に、『開発促進』について説明する。

過程を省略するスキルだ。帰りたい意思のあるリズベットとその手段を覚えるための本があれば、本の内容をすぐに身につけることができる。

「わたくし自身が船を操って、ですか」

驚いたように言うリズベット。

従者ではなく、自分でというところに、貴族なら抵抗を覚えるものかもな。と思っていると、彼女は表情を明るくして言った。

「それはすごいですわ！　ぜひお願いします！」

彼女はむしろ、自分で船を操縦できるようになるというところに喜んでいるようだった。

少し変わっているが、ここで貴族らしいわがままを言うよりはるかに好感が持てた。

「ルーカスってそんな力があるのですね！」

時間は多少かかるものの、帰ることが可能と聞いて、リズベットは明るい表情を浮かべた。

「ああ、それまでは、この島で楽しくすごしてくれるといい」

「はいっ。この島はすごくいいところなので、嬉しいです」

リズベットが笑顔になったのはよかった。

その後、少しだけ王国のことについて話した。

領地は違えど同じ国の貴族だ。話題が繋がると、リズベットも大分落ち着いたみたいだった。

その夜は、俺だけ自分の家に帰ることにした。シーラはいっしょにお泊まり会をするらしい。

微笑ましい光景を見てから帰宅し、俺はいつもより広いベッドで眠るのだった。

●

リズベット・フーシェは、男爵家の令嬢だ。

フーシェ家は特産品のブランド化に成功し、それによって男爵にしては潤っているほうだった。

下位の男爵家であることや、力をつけ始めたのが近年であることから、貴族の中ではまだ評価が割れていて軽んじられることもあったが、生活で困ることはなく、順調だった。

金銭的に余裕の出てきた貴族が狙うものと言えば、やはり名誉や家名だ。

反対に、家名こそ立派であるものの、内情が火の車という貴族だってもちろんいる。

そのあたりのやりとりが、貴族社会だった。

フーシェ家の次女だったリズベットは、そうした資産を求める名家と婚姻を結ぶために育てられていた。

結婚が家同士のものであった王国において、それは何も珍しいことではない。

リズベット自身も、それを貴族の娘に産まれた自分の運命であるとわかってはいた。

より上位の家へ嫁ぐために。

彼女は様々な教養を身につけるよう指導され、汚点になるような行動をとることがないよう教育されていた。

リズベット自身、それが貴族令嬢にとって普通のことだというのはわかっていた。

彼女が接する、社交界の令嬢たちは、みんな多かれ少なかれそういう状況にあったのだ。

生活に困ることがない代わりに、自由も少ない。

いつだって、家というものに縛られているのだ。

けれど同時に、外の世界が過酷だということも知っている。

多少脅しの意味も込めて、貴族でない暮らしがどれほど危険かという話はいくらでも入ってくるのだった。だから彼女も他の令嬢たち同様、不自由を感じたところで、そこを飛び出すという発想はなかった。

そのため最初に、この島にどうにかたどり着いて……そしてすぐには帰る手段がないと聞いたときはショックだった。

ずっと籠の中にいたのだ。

外で生きていけるなんて、思っていなかった。

けれど……。

たどり着いた島ではみんな優しくて、新しく触れるものがたくさんあった。

帰れないと聞いたときはどうしようかと思ったけれど……暮らしていく内に、そういった不安はなくなっていった。

まだまだ学ぶことだらけだけれど、その分刺激が多くて楽しい。

この自由を、もっと楽しもうと思うようになっていった。

安心出来た理由の一つに、ルーカスの存在がある。

彼が同じ王国の出身で、先に流れ着いてこちらでの生活を楽しんでいるようであること。

そして時間はかかるけれども、帰る手段を用意できると言ってくれたこと。

そのおかげで気がかりなく、この島での色彩鮮やかな生活を楽しむことができていたのだった。

●

すぐにではないにせよ、いずれ帰れることを知ったリズベットはかなり落ち着き、割り切ってこの島での生活を楽しむことにしたようだった。

島の人々と交流し、楽しそうに暮らしている。

「様々な利益を得ている貴族の努めですけれど、やはり何もかも決められた生活は、窮屈なものですわ」

と、彼女は言っていた。

元々が現代人の俺にとっては共感できる――というか、俺自身はだからこそ貴族でなくなることを選んだのだ。

生まれながらの貴族である彼女もそう思っていたのは少し意外だったが、貴族といえど街を見ることはあるし、そうすれば貴族でない暮らしを垣間見ることはできる。

それに本が貴重とはいえ、貴族なら娯楽用の物語も手に入れることができる。

そこには貴族の現実とは違う、自由が描かれているはずだ。

もちろん、それらは隣の芝生は青い、という話でしかない。

見栄をはる必要のない庶民には、そもそも見栄をはるような余裕などなく。

自由を歌う吟遊詩人には安住の地すら約束されていない。

けれど、どっちの苦労があっているか、というのは人によって違うものだ。

どこにでも苦労はあるが、状況によって、どんな苦労をするか選ぶことはできる。

まあ、それはそれとして。

リズベットがこの島での暮らしを楽しんでいるようで何よりだ。

俺は俺で、もうこちらの住人として新生活を満喫していた。

そんなある日、リズベットが夜に俺の元を訪れたのだった。

そんな彼女にお茶を出して、俺は尋ねる。

「こっちでの暮らしはどうだ？」

「すごく楽しいですわ。知らないことばかりで刺激的ですし」

「そうか、よかった」

嬉しそうに言った彼女に、俺は応える。

「これまではどうしても、いろんな周囲の目とか見栄がありましたから」

そう言って遠い目をする彼女に、俺は頷く。

「ああ、貴族はどうしても、体面があるからな。俺もこっちのほうが居心地がいい」

そんな話をしながら、彼女の暮らしについて聞いていく。

初めて海で泳いでみたこと。

林の中を歩き回って、疲れたこと。

家名なんて関係なく、友達ができたこと。

楽しそうに話す彼女を見て、よかったな、と思う。

俺たちがいた王国の貴族は、現代とは違い人権や生活の保障なんてものがないこの世界で、人間っぽく生きていける恵まれた立場だ。

けれどそれ相応に縛りがあるというか、言ってしまえば総じて家という権威の駒に過ぎない存在でもある。

どのようなことを学ぶかは家で決められる。

誰と付き合うかは家で決められる。

なにをして生きるかは家で決められる。

誰と結婚するかなんて当然、家で決められる。

どう死んでいくかすら、家で決められるものだ。

それは当主の意思で、という訳ですらない。むしろ家を象徴する当主こそが、最も縛られている。

家を背負うというのはそういうことだ。

貴族が貴族として存在できるのは、その存在を貴族という席に明け渡しているからだ。

と、俺は思っているし、実際、内心で不自由を感じている貴族は多いだろう。

けれど、そこから飛び出すには勇気がいる。

なにせ外へ出れば、これまでのような物質的に恵まれた生活はできないのだ。

それも、現代社会のような「贅沢ができない」なんてレベルじゃない。

天候が崩れれば、すぐに飢餓に直面しうるというような過酷な環境だ。

だから貴族は、貴族であろうと取り繕う。

それに疲れないなんてことは、やはりないのだろう。

けれどこの島では、そう言った貴族の縛りからは解放されている。

もちろん、そのぶん豪華な暮らしはないけれど。

この島で彼女は、フーシェ家の娘リズベットではなく、リズベットというひとりの女の子でいられるのだ。

「それで、なのですが……」

そこで彼女は、少し顔を赤くしながら切り出してきた。

「うん？　どうしたんだ？」

その様子に尋ね返すと、彼女は顔を赤くしたまま、少し目をふせながら聞いてきた。

「その、この島では、唯一の男性であるルーカスが、その、気持ちいいことをしてくれる、と聞きまして……」

「ああ……」

まあ、女性同士話していれば、そういう話題も出るのだろう。

実際、俺は何人もの女性と関係を持って、半ばハーレム化しているし。

「その、できれば私もしてほしいな、と……」

恥ずかしがりながら、ちらりと上目遣いでおねだりしてくるリズベットはとてもかわいらしく、すぐにでも頷きたくなる。

が、少し疑問も残る。

「その、気持ち良くって、意味わかって言ってる、のか……？」

その話をした女性が慎みを持って曖昧に濁した結果、真っ当なマッサージの類いだと勘違いしている可能性を考えて、そう尋ねる。

けれどリズベットは、顔を真っ赤にしながら言った。

「わかってますわ……その、男女の営み、ですわよね？」

「お、おう……」

その通りなので、俺は頷いてしまう。

しかし美少女お嬢様が恥ずかしがりながら「男女の営み」と口にするのは妙にエロいな。

上品さに似合わない下品な言葉というのも興奮するが、密かな意味も隠されているようで、かえってエロい。

「わ、わかってるならいいんだが……」

王国の貴族にとって、そういうことは結婚後。

基本的に生涯ひとりとしかしない行為だが……まあ、この島での彼女はフーシェ家の娘ではなくリズベットというひとりの女の子な訳で。だったらそういう行為も、まあありなのだろう。

「よし、わかった。リズベットが望むなら、俺としては大歓迎だ」

恥じらいつつも誘ってくる美少女を前に、抱かないなんて男じゃない。

というわけで、俺はさっそく彼女をベッドへと連れて行くのだった。

この島らしく大胆におへそが見えてしまうエロい格好のリズベット。

本人の初心さとのギャップがやはりたまらない。

「リズベットは初めてなんだよな」

「はい……」

顔を赤くして頷く彼女はかわいらしい。

この島の積極的な女性たちも最高だが、貴族としての常識故に恥じらいがちなリズベットもまたすばらしい。

「こんなエロい格好をして、リズベット自身までえっちになっちゃったんだね……」

「そんなこと、ひぅっ……」

むき出しの白いお腹を軽く撫でると、彼女がかわいい声を出した。

「ルーカス、んっ、それ……」

「うん？」

俺は彼女のお腹をさわさわと撫でながら首を傾げる。

「ひうっ、あぁ……殿方に、おなかを触られて、んっ……」

まだ敏感な場所には触れていないし、服も脱がせていないのに、リズベットは恥ずかしそうに身悶えている。

それもそうだろう。

性的なことに厳しく、露出度の低いドレスばかり着ていた彼女にとって、この格好は下着に近いようなものだ。

本来なら、身の回りの世話をするメイド相手にしか見せないおへそを晒し、その周辺を男に撫でられているのだ。俺は不思議な高揚感に背を押されながら、次はむき出しの肩を撫でる。

「んっ……」

それだけで彼女は声を漏らしてしまう。

俺はその手を鎖骨のほうへと動かし、つーっと撫でていく。

「ひうっ！　ルーカス、その手つき、んっ……」

「どうした？　まだ、普通のところしか触ってないぞ？」

俺がそう言うと、彼女は赤い顔で軽く俺を睨んできた。

けれどその瞳には、はっきりと期待が伺える。

「女性の鎖骨を触るのが普通とか……ルーカスはえっちですわ……」

「これから、もっとえっちなことをするんだぞ？」

俺はそう言いながら、ゆっくりと下へと指を滑らせる。

「んぁ♥　あ、んっ……」

豊かな双丘の麓までくると、リズベットは少しの不安と、それ以上の期待に満ちた目で俺を見上げた。

「ルーカス、あっ……」

「触るぞ」

「んぅっ……」

俺はもう答えを聞かず、たわわな果実を両手で掴んだ。

「あっ、んっ……」

薄い服の上から、その魅惑的な感触を伝えてくるおっぱい。

俺はゆっくりとそれを揉んでいく。

「あふっ……」

柔らかな感触を楽しんでいると、リズベットが色っぽく声を漏らす。

「あぅっ……なんだか、すごく恥ずかしいのに、んっ。うぅっ……」

誰にも揉まれたことのなかったであろう、その立派なおっぱいで、彼女は気持ち良くなっているようだった。いけないことをしている、という感覚もまた、彼女を敏感にしているのだろう。

「あふっ……ん、あぁ……」

「こんなに大きくて感じやすいおっぱいなのに、これまでそのままにしてたなんて、すごくもったいないな」

「んっ……」

俺がそう言うと、彼女は赤い顔のまま、少し顔をそらした。

その反応を見て、俺は思わず笑みを浮かべてしまう。

「もしかしてリズベット……ひとりでいじってたのか？」

そう尋ねると、彼女は小さく首を横に振った。

「そんなこと、ありませんわっ……そんなはしたないことっ、んっ……」

けれどその反応は、むしろ彼女がしていたことを肯定しているかのようだった。

「ふうん。お嬢様もえっちなことには興味あったのか」

「うぅっ……。仕方ないじゃないですかっ。その、わたくしだって、もうとっくに子供を産める身体なんですわよっ……その、そういうことだって、んっ……」

弁明のつもりでかえってエロいことを言っているリズベットの、そのおっぱいを思う存分堪能していく。しかしやはり、もう服を脱がせてしまうか。

俺は彼女の服へと手を掛けた。

「あっ、ルーカス……」

下着のような格好といっても、やはり直接見られるのとは違うため、彼女はまた恥じらいを見せた。だが、もちろんそれで俺が止まるはずもない。

俺は彼女の服を脱がしていく。

「ん、あふっ……」

男に脱がされ、その眼前に自らの裸体を晒すということで、リズベットはさらなる羞恥に身じろぎした。

けれど同時に、彼女が期待して敏感になっているのも伝わってくる。

「あぅっ……ん、あぁ……」

服を脱がせていくと、彼女は小さく声を出していく。

彼女自身には触れているかどうか、という感じなのだが、それが余計に敏感にさせているのだろう。俺はショーツ一枚を残して、彼女を脱がせてしまう。

「ルーカス、んっ……」

いよいよ最後の一枚、ということもあり、彼女は恥ずかしそうにきゅっと足を閉じた。

俺はそんなリズベットの足を掴み、開かせる。

「あぅっ……こんな格好……」

大きく足を開かされたリズベットは、羞恥に顔を赤く染めながら、抵抗を諦めて足から力を抜いていった。

俺はそんな彼女のショーツに手を掛けて、ゆっくりと脱がせていく。

「んっ……わたくしの全部……ルーカスに見られてますわ……」

「ああ……リズベットの大事なところ、しっかり見てるぞ」

「うぅ……♥」

彼女のそこは貞淑にぴたりと閉じている。けれど、既にうるみを帯びて淡く光っていた。

慎み深い令嬢おまんこは、けれどメスの期待に抗えず濡れている。

「そんなに見られると……んっ……」

彼女が恥ずかしさに身じろぎすると、そこから蜜が溢れ出してくる。

俺はそっとその割れ目へと指を這わせた。

「ひうっ♥　あ、あぁ……」

「リズベットは喜んでみたいだな。触ると、ほら……」

俺は彼女の愛液にまみれた指を持ち上げて見せる。

いやらしく糸を引くそれを見て、リズベットの羞恥はさらに煽られたようだった。

「あぅっ……そんなの、見せなくていいですわ……」

そう言って顔を背けた彼女の割れ目を再びいじっていく。

「んぁっ……あぁ……」

俺はそのまま丁寧に、膣口をいじりほぐしていった。

「あふっ、ん、あぁ……ルーカス、んぅ、あぁ……」

かわいらしい声をあげつつ、彼女が身悶えていく。

俺はそのまま、そんな彼女のアソコを愛撫し続けていった。

「ひうっ、んっ、あぁ……なんか、あぅっ……もう、んっ……♥」

「気持ちいい？」

「う、うんっ……すごく、んぁっ……♥」

素直なリズベットの反応に満足して、俺はそのまま彼女を導く。

割れ目を往復しながら、その頂点で控えめに膨らんでいるクリトリスに触れた。

「ひぃっ♥　あっ、そこ、だめぇっ♥　んっ……！」

彼女はソコがすごく敏感みたいで、これまで以上に反応していた。

「だいぶ敏感みたいだな。だけど敏感すぎる訳じゃなく、すごくいい性感帯みたいだ」

「あぅ……そんなこと、ん、くぅ！」

その陰核を指でいじると、すぐにぴくんと反応する。

おそらく、自分でもいじっていたのだろう。

感じやすくなっているクリトリスをいじっていると、彼女がぴくぴくと反応する。

お嬢様であるリズベットが、クリオナニーをして育てた淫芽を、たっぷりと責めていった。

「ひうっ、ダメッ♥　んぁ、あぁっ……！　ルーカスの指、気持ち良すぎですわっ……ん、あ、あ
あっ……！」

乱れていく彼女を見ながら俺はクリトリスをぎゅっと押したり、擦り上げたりしていく。

「んぁっ♥　あっあっ♥　だめ、もうっ、んぁっ……わたくしっ……！　あっふっ、んぁ、あああぁぁぁぁっ」

びくんと身体を跳ねさせせながら、リズベットがイったようだ。

「あうっ……う、うぅっ……」

愛液を溢れさせせながら、彼女は恥ずかしがるように横向きになって顔を隠した。

ここで終わりにしても良さそうだが……こんな姿を見せられて、収まるはずがなかった。

俺は自らの服を脱ぎ捨てる。

するとリズベットは顔を隠したまま、指の隙間からこちらを――というよりも、そそり勃っている肉棒を見た。

「あぅ……あれが、殿方の……わたくしの中に、んっ……♥」

彼女は興味津々、といった感じでこちらを見ながらも、やはり恥ずかしいのか指の隙間から見るだけで、動こうとはしない。

そのあたり、基本的に積極的なこの島育ちの女性とは違うところだろう。

なんだかとても新鮮だ。

そうなると、最初は緩やかなほうが良さそうだし、ちょうどいいかもしれない。

俺はそう思い、横向きの彼女を後ろから抱き締めるようにする。

「んっ、ルーカス……？　あふっ……」

抱き締められた彼女は、そのままこちらへと身を預けてきた。

後ろから、その華奢な身体を抱き締める。

丸いお尻が勃起竿にふにっと当たった。

「あぅ……ルーカスの……その、おちん……男性のモノが、当たってますわ……♥」

恥ずかしそうに言いながらも、彼女はお尻を動かして肉竿を擦ってきた。

「くっ……。チンポって言うのは恥ずかしがるのに、ずいぶん積極的だな」

「うぅ……だって、その、わたくしだって、期待してますし……でも、その、やっぱり恥ずかしくもあって……」

そんなふうに言いながらももじもじと動いてくるリズベットを押さえて、俺はその剛直を、まだ何も受け入れたことのない彼女の膣口へとあてがった。

「あっ……♥」

いよいよ肉棒が入ってくる、ということを感じ取って、彼女が期待に満ちた声をあげる。

俺はそのままゆっくりと、腰を動かしていった。

「んっ……! く、うぅっ……!」

ぬぷり、と肉竿が入口を押し広げながらリズベットの中に侵入していく。

「ひぅっ♥ ん、くぅっ、あぁ……♥」

狭い初物の膣内をかき分け、そのまま慎重に彼女の中を進んでいく。

「あっ……！ く、うぅっ……！」

狭くはあるものの十分に濡れていた彼女は、俺のモノをしっかりと咥え込んでいった。

「あっ、ふぅ、うぅ……ルーカスが、わたくしの中に、んっ、あふっ……」

背面側位のかたちで挿入し、まずはしばらくそのまま止まっておく。

初の異物を確かめるようにうねる膣襞は、締まりの良さもあって、それだけで気持ちがいい。

「あぅっ……ふぅ、んっ……」

俺のモノを受け入れた彼女は、ゆっくりとその状態に慣れていく。

「ん、うぅ……ルーカス、そろそろ、ん、動いても……」

「ああ」

そして彼女が落ち着いたところで、ゆっくりと腰を動かしていった。

「あふっ♥ あ、あぁ……中で、んっ、動いて、あふっ……」

後ろからか、お嬢様の中をゆっくりと往復していく。

体制上、あまり激しくは動けないが、今の彼女にはかえってそのほうがいいだろう。

「あぁ、んっ……♥ あふぅ、うぅ、んっ……」

ゆるやかに往復し、彼女の中を俺のかたちにしていく。

「あふっ、ん、くぅっ……♥ あぁ……」

そして慣れていくのに合わせて、少しずつ腰を速めていった。

「うっ、あぁ……すごいですわ。んっ。わたくしの中を、ルーカスが動いていて、んぁっ♥ あぁっ……！」

顔を見せないようにしているリズベットだが、その声色から気持ちいいというのがはっきりと伝わってきていた。

「んぁっ♥　あぁ。わたくしの、んっ、内側が、おちんぽに擦られて♥　んぁっ、あぁっ！　気持ちい、んくぅっ！」

艶やかな声をあげるリズベットの中を、俺は何度も往復していく。

「あふっ、ん、あっ、あぁ……」

うねる膣襞を擦り上げながら腰を振ると、彼女が高まっていくのがわかった。

「んぁっ♥　あっ、あぁ……！　わたくし、んぁ、あふっ、んぁっ……！　また、イっちゃ、んぅうっ♥」

「好きなだけ気持ち良くなってくれ。ほら……」

「んひぃっ♥　あっ、そこ、んぁっ……」

「ここがいいのか？」

気持ちいい場所があったらしく、俺は肉竿の先端でそこをすりすりと刺激していった。

「ひぃ、んぁっ！　あ、ああっ♥　だめぇっ……そこ、んぁっ♥　あっあっ♥　イっちゃいますわっ、んぁ、あぁ……♥」

「う、あぁ……」

彼女の興奮に合わせて膣内はさらに蠢き、肉棒を刺激してくる。

そうして互いの快感を高めていった。

「あっあっ♥　だめ、んぁっ……♥　ああっ、もう、イクッ！　ん、あっ、あぁっ……！　らめ、んぁ、イックゥゥゥウウッ！」

彼女がぎゅっと身体に力をこめながら絶頂し、膣襞が震えながら肉棒を絞り上げてきた。

「うっ……」

びゅるっ、びゅるるるるっ！

その刺激と絶頂の締めつけによってスイッチが押され、俺も射精していく。

「んはぁっ♥　あぁ……熱いのが、べちべちって……♥　あ、あぁ……！」

そのまま中出し射精を受けて、リズベットの身体はさらに喜ぶように肉棒に絡みついてきた。

「あふっ♥　んぁ、あぁぁ……。これが、んぁ、男女の営み、ですのね……♥」

うっとりと言うリズベットの声は恍惚としていた。

俺の精液を受け止めて、彼女が喜んでいる。そんなリズベットを、後ろからぎゅっと抱き締めた。

「ルーカス……」

彼女は嬉しそうに、そのまま俺に身体を預けてきた。抱き締めたまま、耳元で彼女に尋ねる。

「セックスは、どうだった？」

するとリズベットは恥ずかしそうにしながら応えた。

「すごく……よかったですわ……。こんなに気持ちいいなんて……」

喜んでもらえたようで何よりだ。

そう思いながら、俺はもう一度、彼女を抱きしめるのだった。

第四章　帰る場所

俺と同じくエリシエに助けられたリズベットを加えて、俺たちは四人で過ごすことが増えていたのだった。

スキル『開発促進』によって、すでに船の操縦を覚えたリズベット。

あとは造船パーツが揃うのを待つだけだ。

彼女も最初の、帰れないことへの混乱が落ち着いた後は、すっかり楽しんで過ごしているようだった。

もちろんずっと四人だけでいるわけではなく、それぞれ他のグループと過ごすこともあった。

特に俺は、性的な意味で誘われることも多いため、あちこちをいったりきたりとしていた。

そんなふうに、いろんな意味で村になじんだ日々が続いていく。

今日、俺の元を訪れたのは、エリシエとシーラだった。

夜の生活のほうも重ねる内にバリエーションが増えてきて、女の子がふたりいっしょに訪れることも出てきている。

俺としては両手に花状態なので大歓迎だ。

けれど、エリシエとシーラがふたりで訪れるのは初めてだった。

「他の子から、そういう話を聞いたら」

シーラはベッドに向かいながらそう言った。

「俺としては嬉しいけどな」

「そうなの？」

俺の言葉に、シーラが首を傾げる。

「ああ。俺が住んでいたところでは、複数の異性を相手にするって、同時じゃなくてもなかったからな」

「ああ、そう言ってたね」

「実際にみんなで仲良くセックスできると、本当にまるでわだかまりがないんだな、って実感できるからな」

「そうなんだ。それじゃ、今日は三人でいっぱい仲良くしようね」

そう言って、エリシエが妖艶な笑みを浮かべる。

その笑顔を見た途端、今日はずいぶんと搾り取られそうだな、と思うのだった。

まあ、俺としても美女ふたりを存分に堪能できるわけなので、喜ばしいことだ。

「ルーカスの服を、ふたりで脱がせてあげる」

「ほらお兄ちゃん、ばんざーい」

「うおっ……」

彼女たちが両方から俺の身体へと手を伸ばしてくる。

そしてそのまま密着してきて、むにっ、むにゅっと柔らかな胸が当てられた。

女の子の柔らかさに挟まれると、とても気持ちがいい。

「ん、しょっ」

そう思っている隙に、シーラは上半身、エリシエは下半身へと動いて俺の服を脱がせてきた。

「お兄ちゃんの身体ぎゅってするの、なんだか安心できて好き」

そう言いながら、シーラがぴとりと抱きついてきた。

薄い服越しの柔らかな果実を押し当てられるのと同時に、彼女は首筋へと顔を埋めて息を吹きかけてきた。

「うっ……」

くすぐったくも気持ちさを感じていると、エリシエは俺の前にかがみ込んで、下半身を脱がせていった。

「ルーカスのおちんちん、まだ大人しいね」

そう言いながら、彼女は自らも服を脱ぐと、その身体を俺に当ててくる。

なめらかな肌が擦れると、俺の気分も高まっていく。

「えいっ」

同じように、シーラも服を脱いで抱きついてきた。

そしてそのまま、俺はふたりにベッドへと押し倒される。

「んっ」

「ぎゅー」

両側から抱きつかれ、そのたわわなおっぱいや細い身体を当てられていく。

「あっ、お兄ちゃんのおちんちん、大きくなってきた」

「本当、ぐぐって膨らんでくの、なんかすごいね」

そう言いながら、彼女たちは肉棒へと手を伸ばしてきた。

ふたりの手が勃起竿をにぎり、刺激してくる。

「手の中でどんどん大きくなってる」

「それに、すっごく硬いよ。ガッチガチ」

「うっ……」

女の子の手に、にぎにぎと刺激されていく。

ふたりの手は少しだけタイミングがずれていて、それが不規則な刺激になって俺に襲い掛かってきている。

「こうやってふたりでおちんちんいじるの、不思議な感じだね」

「お兄ちゃん、気持ちいい？」

「ああ……」

気持ちいいのはもちろん、こうしてふたりに愛撫されているという豪華感も俺の心を満たしていくのだ。

「こうやって両側からぴとって身体をくっつけて……」

「お兄ちゃんのおちんちん、しこしこってしてあげるね」

「ふたりとも、うっ……」

豊満なおっぱいを押しつけられて、手コキを受ける幸せな時間。

ふたりの手がゆっくりと竿を擦り上げてくる。

「なんだか、シーラといっしょにするの、すごくドキドキしちゃうね……♥」

「うん、ちょっと恥ずかしくて、ふわふわする感じ……♥」

「う、あぁ……」

普段とは違うシチュエーションを楽しみながら、ふたりが俺の肉棒をしごいてくる。

俺はそのまま快感に浸り、愛撫を受けているだけだった。

「ん、こうやって足を絡めて……」

「そうだ、エリシエの足とも、んっ」

「きゃっ♥　シーラってば、もう」

ふたりはそれぞれ俺の足に自らの足を絡めてきて、女の子の場所を押し当ててくる。

ふにっとした恥丘を太股に擦りつけながら、伸ばした足同士を軽く触れ合わせているようだ。

両側から彼女たちに抱きつかれ、その柔らかさといい匂いに包まれながら、肉棒に刺激を受けていく。

とても幸せで気持ちがいい。

「ふっ、ん、あぁ……♥」

「ん、しょっ……♥」

挟まれてのW手コキで高められていく。

こういうプレイは、この島に来たからこそできるものだよな、と感慨に耽っていると、彼女たちはさらに責め立ててくる。

「両側からぎゅーってされて、おちんちんしこしこされて……♥」

「お兄ちゃん、とっても気持ち良さそうな顔してるね」

「ああ、最高だ」

素直にそう言うと、ふたりは妖しげな笑みを浮かべる。

「私も、すごくえっちな気分になっちゃうわね……」

「ふたりきりもいいけど、えっちなことをいっしょにするの、すごくドキドキするよね……」

そんなことを耳元で囁かれ、さらに身体を押しつけられて。

同時に手コキまでされているのだ。

俺はすぐにでも、欲望を吐き出したくなってしまうような、このゆるやかな愛撫が続けばいいような、落ち着かない気分になっていく。

「ほら……わたしのここも、もう濡れてきちゃってるの、わかる?」

「んっ♥　お兄ちゃんの足で擦れて、気持ち良くなっちゃってる……」

「ああ……」

ふたりが腰を動かすと、彼女たちの愛液が感じられる。

両側から美女ふたりが俺の足にアソコを擦りつけてくるのは、とても興奮するものだ。

「んっ……でも、こうしてたら我慢できなくなってきちゃった」

そう言いながら、エリシエが俺の身体に密着したまま、滑るように移動してくる。

そして、俺の上へと跨がってきた。

「あふっ……♥　このまま、ルーカスのちんちん、入れちゃうね」

そう言って、騎乗位でこちらと繋がろうとする。

シーラは肉棒から手を離したので、俺は彼女を呼んだ。

「シーラ、こっちにおいで」

「うんっ……」

俺は彼女を呼び寄せると、その腰を俺の顔へと引き寄せる。

「んぁっ♥　ルーカスお兄ちゃん、それ、んっ……恥ずかしいよ……♥」

そう言いながらも、彼女はゆっくりと俺の顔へとアソコを下ろしてくるのだった。

「んっ……」

しっとりと潤ったシーラのおまんこが、俺の顔へと近づいてくる。

俺は丸いお尻を引き寄せるようにして、その割れ目へと口づけをした。

「あんっ♥」

顔面騎乗したシーラが甘い声をあげる。

俺は目の前に晒されている彼女のアソコを眺めながら、舌を伸ばしていった。

「んぁ♥　あ、あぁ……」

そしてそうこうしている間に、肉棒のほうはエリシエの蜜壺へと導かれていく。

「あふっ♥　んぁ、ああ……」

ネットリとした膣内に包み込まれて、気持ちがいい。

俺はエリシエに騎乗位で挿入しながらも、シーラのアソコを愛撫していく。

「んぁっ♥　あっ、ふぅ、んっ……♥」

「あうっ、お兄ちゃん、そんなにぺろぺろしちゃだめぇっ♥」

ふたり分の嬌声が、上から聞こえてくる。

俺の視界はシーラのお股に塞がれているが、肉棒と舌先に感じる襞から、彼女たちの快感を感じ取ることができた。

「あっ、ん、くぅっ♥」

肉竿は蜜壺にぴったりと咥え込まれており、エリシエが腰を動かすたびに、甘い快楽を送り込んでくる。ボリュームあるお尻が俺の上でゆさゆさ揺れるのもたまらない。

「んはぁっ♥　あっ♥　んはぁあぁっ！」

喘ぐシーラも、もっと欲しいとねだるように腰を押しつけてきた。

「んむっ……」

その熱いメス壺を舐め回していくと、彼女の内側はひくひくと震える。

欲しがりなおまんこに舌を挿入していき、震える襞に這わせていった。

「ひっ♥　あ、あぁ……♥　お兄ちゃんっ……！　んぁ、あ、あぁっ！」

ぐいぐいとアソコを押しつけながら、シーラが身悶える。

「んはっ、あぁ……♥　シーラのおまんこを舐めて、ルーカスのおちんちん、ビクンビクンしてるっ……♥」

エリシエは俺の上で腰を振りながら、その快楽に身悶えていった。

そんな蜜壺がうねりながら肉棒に絡みついてくる。

「んはっ♥　あっ、あぁ……」

「あふっ、ん、んくぅっ……♥」

俺の上でふたりが喘ぎながら乱れていく。

それはオスとしての欲望を深く満たしてくれる声だった。

同時に、その快楽はすぐにでも俺を追い詰めてくる。

「あふっ♥　んぁ、ああっ……♥」

「お兄ちゃん、あ、あふんっ！」

ふたりの高まりに合わせて、その膣内がシンクロするように蠢いていく。

「あんっ♥　あっ、あぁ……！　わたし、ん、そろそろ……」

「んくぅっ！　わ、わたしも、もう、イっちゃうよぉ……♥」

俺はそう言ったシーラのクリトリスを、容赦なく刺激していく。

「ひうんっ♥　あっ♥　お兄ちゃん、あっあっ♥」

彼女は敏感に反応し、俺の上で身悶える。

「あんっ♥　おちんちん、そろそろイキそう？　あっ♥　んぁっ……」

エリシエのほうも快楽を覚えつつ、俺の変化もしっかりと読み取ってくる。

そして激しく腰を動かし、フィニッシュへと向かっていくのだった。

「あっ♥　お兄ちゃっ♥　んぁ、イクッ！　もうっ、だめぇっ♥　あっあっ♥　ん、ああああぁぁぁあっ♥」

俺の顔の上でびくんっと身体を跳ねさせながら、シーラが絶頂する。

おまんこからは愛液が溢れ、俺の顔を濡らしていった。

「ひくうっ！　あっ、ルーカスのおちんちん、膨らんでっ……♥　あっ、そこつ、んぁっ♥　あっ、イクッ、イックゥゥウウウッ！」

「んむっ……！」

びゅるるるっ、びゅく、びゅくんっ！

エリシエの絶頂に合わせて、俺もその膣内に射精していった。

「あふっ♥　んぁ、出てるっ♥　あぁ……熱いの、精液、ビュルビュルって、いっぱい……♥　あ、あぁ……」

絶頂おまんこが肉棒を絞り上げて、精液を飲み込んでいく。

美女ふたりを抱く満足感に満たされていると、エリシエが腰を上げた。

「あんっ♥　精液、こぼれてきちゃう……」

そんなエロいことを言いながら、彼女は俺の隣へと横たわって、抱きついてきた。

エリシエに腕を回して抱き寄せると、絶頂後の火照った身体を押しつけてくる彼女。

すると今度は、シーラが俺の下半身へと向かっていった。

「今度は、わたしのここに精液ちょうだいね、お兄ちゃん……」

そう言って、くぱぁっとイッたばかりのおまんこを広げてアピールしてくる。

そんな姿を見せられれば、当然肉棒は元気になってしまうわけで。

俺たちの夜は、まだまだ続いていくのだった。

●

「あの、ルーカス、少しいいかしら……？」

「ああ、どうしたんだ、こんな雨の中で」

ある夜、天気が荒れた中、リズベットが俺の家を訪ねてきていた。

海の間近というわけではないので波にさらわれる心配はないものの、足場がいいとはいえないため、あまり出歩かないのが普通だ。

「それなんだけど、ひゃうっ！」

雷が鳴った瞬間、リズベットはびくんっと身体を跳ねさせた。

「……なるほど」

その反応でわかった。

おそらく、雷が怖いのだろう。

それに加え、崩れることはないものの、この島の家は嵐で風が吹くとしなるように揺れる。

元々貴族の屋敷に住んでいたリズベットには、それも不安を煽るのだろう。

そこで、俺の家に来た、というわけだ。

「まあ、そういうことですわ。だからその……」

「ああ、いいぞ」

俺の顔色から察した彼女が、おずおずと切り出してくる。

嵐が怖くてひとりで眠れない、というのはとてもかわいいところだが、本人としては恥ずかしい部分もあるのだろう。

ここの出身だからということはあるけれど、年下のシーラも平然と自分の家にいるわけだし。

「とりあえず身体を温めたほうがいいかな」

短い距離とはいえ、嵐の中を歩いてきたリズベットは濡れていたので、俺はお風呂へと案内するのだった。

そして風呂上がりでいい匂いをさせている彼女と、ベッドの中に入る。

「ありがとうございますわ、ルーカス」

「ああ、気にしなくていい。環境が変わってるしな」

堅牢でびくともしない貴族の屋敷とは違うのだ。

不安がる彼女を抱き締めて、添い寝をした。

「あうっ！」

雷が鳴ったり、風が強く吹いて家が軋む度に、リズベットはぎゅっと俺に抱きついてくる。

そうなると当然、大きなおっぱいを始め、その柔らかな身体があちこち俺に押しつけられるのだった。

今日はそういう目的ではない……とわかってはいても、かわいい女性に抱きつかれていれば、オスの本能は反応してしまうわけで。

「ひうっ……んっ……！」

「うっ……」

ぎゅっと彼女が抱きついた拍子に、その足が擦れて思わず声を出してしまった。

けれど雷を怖がっている彼女は余裕がなく、そのまま俺に抱きついていた。

「あう！　んっ……」

しばらくそうやって過ごしていると、だんだんと天気も落ち着いてきて、ただの大雨程度になってきた。

雨音は大きいものの、もう落雷や強風はない。

そうなってくると、リズベットにも余裕が戻ってくる。

そして自らの足に当たる、硬いモノに気付くのだった。

「あっ……♥　ルーカス、これ……」

「あ、あまりいじられると……」

彼女は確かめるように、腿ですりすりと勃起竿を撫でてくる。

抱き締められ身体を当てられていた俺としては、やはりそういう気分になってしまうわけで。

そこを刺激されると、我慢できなくなってしまう。

「わたくしが抱きついていたから、ですわよね？」

「ああ」

雷を怖がっているというのに……という気持ちはもちろんあったものの、そこもかわいくて興奮したのは内緒だ。

「それなら……んっ、いっしょにいてくれたお礼もかねて、わたくしがちゃんと、おちんぽのお世話をいたしますわ……」

そう言った彼女は、身体を下へとずらしていき、俺のズボンを脱がせてきた。

そして下着も脱がし、肉棒を取り出してしまう。

「あぁ♥　ルーカスのおちんぽ、もうこんなに立派になって……♥」

そう言いながら、彼女は露出した俺の肉竿を撫でていく。

細い指が肉棒をなぞり、気持ち良さに反応してしまう。

「あっ♥　おちんぽがぴくんって跳ねました。ここが気持ちいいんですのね……♥」

彼女はそう言って、裏筋を指先でくすぐってくる。

「うっ……」

声を漏らすと、リズベットは妖艶に微笑んだ。

「殿方のおちんぽ……やっぱり不思議な場所ですね……♥　こんなに大きく膨らんで、んっ、とても硬くて……」

彼女は片手で竿をしごきながら、うっとりとペニスを見つめている。

可憐なお嬢様が顔を近づけてしげしげと肉棒を眺めているのは、とてもエロい。

「ここが気持ちいいんですわよね……」

「ああ……」

彼女は指でわっかを作り、カリ裏をきゅっきゅと擦ってくる。

その気持ち良さに頷くと、彼女はもう片方の手を陰嚢へと伸ばしてきた。

「ここで、赤ちゃんの元が作られて……あっ♥」

彼女の手がさわさわと陰嚢を刺激してきていた。

「たぷたぷして、いっぱい子種が詰まっているんですわよね……ずっしりと重いタマタマが、袋の中にありますわ……」

お嬢様らしい細い指が玉袋をなで回してくる。

「中でころころとタマタマが動いて……♥　ふふっ、なんだか、ちょっとかわいいですわね。たぷたぷー」

彼女の手は優しく睾丸をマッサージしながら、竿のほうをしごいてくる。

「硬くて雄々しいおちんぽと、かわいらしいタマタマ……殿方の部分はわたくしからすると、すごく不思議ですわ……♥」

そう言いながら愛撫を続けるリズベットが、さらに顔を近づける。

「れろぉっ♥」

「おうっ……」

そして舌先で、亀頭を舐めてくるのだった。

「ぺろっ……。おちんぽ、舐めるのも気持ちいいと聞きましたわ……。こうして、れろっ……ちゅっ♥　ぺろっ」

リズベットは舌を伸ばして、肉竿の先端を舐めてくる。

激しすぎない舌の動きが、淡い気持ち良さを伝えてくる。

「ちゅっ♥　ん、おちんぽを舐めるの、なんだか楽しいですわ……こうして……れろっ……。舐めながら、ルーカスの反応を見れますし」

そう言いながらちろちろと先端ばかりを舐めてくる。

気持ち良さともどかしさを感じながら、その舌を楽しむのだった。

「ちゅっ、れろっ……んっ、先っぽから、お汁が溢れてきましたわ……♥　それじゃ、もっと大胆に……あむっ」

「うぉっ……」

彼女はぱくりと亀頭を咥えると、唇できゅっとカリ裏を締めながら、こちらを見上げてきた。

お嬢様が下品なフェラ顔でこちらを見ているのだ。

そのエロさに俺の興奮は高まってしまう。

「んむっ……れろっ……じゅぷっ……ルーカス、気持ちいいれふか？」

「ああ……すごくいい……」

「ふふっ♥」

チンポをしゃぶったまま尋ねるリズベットに答えると、彼女は嬉しそうに笑って、肉棒をしゃぶり続けた。

「あむっ……ちゅうっ、ちゅぱっ♥」

「うっ、くっ……」

フェラを続けるリズベットを眺めながら、俺はされるがままになっていた。

彼女は丁寧に肉棒をしゃぶり、口淫を続けている。

「んむっ……じゅぷっ……ちゅ♥　れろぉっ……」

「あぁ、それ……」

「んむ？　れろぉっ♥　ちゅぽっ、ちゅぷっ！」

口内でねっとりと舐められ、それが気持ちいいとわかった彼女が再びその舌を動かして愛撫をしてきた。

「うっ、あぁ……そろそろ……」

「んむっ♥　あふっ……わたくしのお口まんこに、ルーカスの子種汁、いっぱい出していいですわ……あむっ、じゅぷっ！」

「あぁっ……！」

彼女は顔を前後に往復させ、肉棒をしゃぶり尽くしていく。

深く咥え込んだときは、その口内に肉棒が擦れて気持ちがいいし、顔を引いたときは下品なフェラ顔が楽しめる。

「じゅぼっ……じゅぶっ、れろぉっ♥　ちゅっ……じゅぶっ！」

「く、あぁ。リズベット……」

「んむっ♥　れろろっ！　ちゅっ、じょぼ、じゅぷっ♪」

リズミカルにフェラをされて、俺は限界を迎える。

それを感じ取ったのか、彼女も最後に勢いよく責めてきた。

「じゅぶっ！　じゅぞっ、じゅぼぼぼっ！　れろっ、ちゅっ♥　じゅるっ……ちゅぶっ、じゅぶぶぶぶぶっ♥」

「出るっ……！」

最後にバキュームを受けながら、俺は射精した。

「んむっ！　ん、んくっ、ちゅぅっ♥」

「あぁ、今吸われると、うっ……」

彼女はその口内いっぱいに精液を受け止めながらも、肉棒に吸いついてきていた。

射精するそばから精液を飲まれ、その口がもっと欲しいと吸い込んでくるのだ。

敏感な肉棒をしゃぶり尽くされて、精液をたっぷりと絞られてしまう。

「んく、ごっくん♪　あふぅっ……♥」

そしてすべて飲み下した彼女は、ようやく肉棒を解放してくれる。

「あぁ♥　ルーカスの子種汁、すっごくドロドロで、殿方の味がしますわ……♥　わたくしのお口が種付けされてしまいますわ♥」

うっとりと呟くリズベットはとてもエロい。

「これだけ出してすっきりしたら、ぐっすり眠れますわよね？」

「ああ……」

「ふふっ♥　よかったですわ」

彼女はすっかり舐めとられ、唾液まみれになった肉竿を拭いてくれる。

射精後の倦怠感と満足感に満たされながら、俺はそれを受け入れているのだった。

●

嵐が去った後、俺は海岸へ向かい、流れ着いたものを集めていった。

あれだけ海が荒れた後とあって、浜辺には様々なものが流れ着いていた。

その中にはもちろん、難破した船の部品らしきものも多分に含まれており、これまでのものと合わせれば、それなりに海を渡れる船ができそうだった。

そして四人で昼食を食べているときに、リズベットにその話をした。

彼女自身、既に航海術等を身につけているので、船さえ完成すれば、王国を目指すことが可能だった。

といっても、これまでこの島を出入りして交易をした人がいないため、実際のところはどんな困難が待っているのかわからないが……。

「本当ですの!?」

船の話をすると、リズベットは驚いたように声をあげた。

エリシエとシーラも、同様に驚いているようだ。

これまで、この島には長距離を移動するような船がなかった。

外部との交流がないから必要なかったし、そのノウハウもなかったからだ。

けれど、ハミルトン家の財宝からそれらの知識が手に入り、この島から他の島へと渡る手段ができた。

今は生活に困っていないし、他の人たちには外へ出る理由がなかったけれど……。

まだ来てから日も浅く、突然この島にきて心の準備もできていなかったリズベットには、帰りたいという思いが今もあった。

それならば、と船の準備を進めていたのだ。

まあ、どっちにせよ、いざというとき船があるのは悪いことじゃないしな。

リズベットが帰ってしまったとしても、その後もう一隻くらいは船を用意しておくつもりだ。

「ああ。本来の長距離航行みたいに大人数でいけない分、その辺の調整に少し時間がかかるけど、普通の船ならすぐにでもできそうだ」

何人も船員を雇えない分、人力で帆を調整したり進路の調整を行ったりができないので、その点は現代知識なりで解決しないといけない。

例えばクルーザー型ならひとりで運転できるし、直で王国へ帰ることができなかったとしても、付近の島を順番に経由していけば、いずれは帰り着くことができるだろう。

そういった機能調整も『開発促進』があれば行える。

もしかしたらリズベット以外にも、元の場所に帰りたい人がいるかもしれないし、そのあたりは船ができたら話してみる必要がありそうだ。

あとは、この島でそのまま暮らすにしても、出入りできるなら一度は前の家に戻りたい人とかな。

俺の場合は帰ると、貴族がらみでいろいろと厄介なことになってしまうがな。

うまいこと思い出の品だけ取ってくるとか、突然だった分、あらためてお別れだけ言いに行けることを望む人だっているだろう。

「リズベットとルーカスは、同じ所の出身だものね」

「まあ、大まかに言えばそうだな」

実際にはそれなりに領地も離れているしメインとなる港も違うが、ここから見れば似たようなものだろう。

「そっか……」

シーラが少し寂しそうに呟く。

折角仲良くなったリズベットが帰ってしまうのは、やはり寂しいのだろう。

その気持ちは俺にもある。

けれどまあ、突然この島に流れ着いて心配している者もいるだろうし、大切にしていたものだってあるのだろう。

そう思えば、口を挟むことはできない。

と、そんな訳でまずは、船ができそうだという話をしたのだった。

●

その話はすぐに村に広がり、全体がざわざわとしだした。

まあ、それもそうだろう。

実際に誰が帰り、誰が帰らないのかということはわからないものの、帰る手段がある、というのは大きなことだ。

そのため、村中に落ち着かない空気が満ちていく。

それはそれとして、俺はシーラといっしょに山菜採りに出かけていた。

まあ、元々今日はその予定だったしな。

村はざわついているけれど、生活は生活で続いていくものだし。

「ルーカスお兄ちゃんは、地図があるから帰るところの場所はわかるんだよね」

「ああ、そうだな」

不思議とこの島にはたどり着けなかったが、王国から周辺までの地図はある。

ハミルトン家とフーシェ家では領地も離れており、使う港も違うのだが、まあ王国まで帰り着けばその辺りは何とでもなるだろう。

地図も写しを渡せば、航海は可能だろう。

他の国から流れ着いた人がいっしょに帰る場合、そこにたどり着けるかというのは残るけれど……

そちらは俺にはどうしようもない部分だな。

近い国なら、王国からなんとかなりそうだ。

「お兄ちゃんはやっぱり、生まれたところが好きだった？」

「そうだなぁ……」

シーラはこちらで育っているから、そのあたりは気になるのかもしれない。

彼女はちらちらとこちらを見ながら聞いてくる。

「恵まれてはいたと思うけど……」

それなりに潤っていた貴族の家に生まれ、経済的には不自由なく育ってきた。

地位相応に周りの目もあり、自由は少なかったので、元現代人である俺にはかなり窮屈ではあったが……。

それこそ、何も持たない平民として生まれるのに比べれば危機もないし、間違いなく運がよかったと言える。

「自由はあまりなかったからな。それこそ、ここでの暮らしみたいにはいかなかったな」

「そうなんだ」

シーラは歩きながら俺の話を聞いている。

この島では、帰る手段がないということもあって、あまり他人の過去の話を聞きはしない。

同じ出身地の人間同士が絆を深めるためや、こちらの常識と摺り合わせるためにすることはあっても、その程度だ。

島全体の空気としても、今を受け入れてそれなりに前向きに、ほどほどに頑張っていこう、という感じだ。

一直線ではない緩い感じが、俺としてはありがたかった。

そしてなにより……と俺は隣を歩くシーラを眺める。

「ん？」

彼女はかわいらしく首を傾げた。

彼女たちのような美女たちと、いろいろなことができるのだ。

俺にとってこの島は楽園だった。

貴族暮らしはいろいろと不自由な面も多かったが、この島との差が何より大きかったのはやはり禁欲の類いだろう。

開放的なこの島は、その点最高だ。

露出度の高い美女たちに囲まれて、好きなことができる。

あちらでは考えられなかったハーレム生活だ。

まあ、さすがにそれは素晴らしい点としてシーラに言うことはないけれども。

言っても別に悪くは思わないだろうが、そこは俺の問題だ。

なんなら村長あたりは、俺のそんな姿勢を喜びそうだしな。

村長といえば……。

文明があまり発達していないファンタジー世界であるこちらでは、成人年齢が低く、そのぶん熟女としての対象年齢も低くなっていく。

村長は美熟女という感じのノリで、自らはもうあまり積極的に女を出してくることはなかった。

けれど元現代人の俺にとっては、まだまだきれいなお姉さんなわけで……。

自分をおばさんだと思っている彼女が、迫られて女の子になっていく様子はとてもかわいくてエロかった。

思い出すだけでにやりとしてしまう。

「お兄ちゃん？」

「お、おう……」

そんな俺を、シーラがのぞき込んでくる。

「なんだか、お顔がちょっとえっちになってるよ？」

「うっ……」

指摘されて、思わずぎくりとしてしまう。

この島では、別の女のことを考えるなんて！　みたいな面倒な展開はまったくないものの、単純にエロいこと考えていたってバレるのは恥ずかしい。

「お兄ちゃんがえっちな気分になっちゃったんなら、わたしがすっきりさせてあげようか？」

急に妖しい表情を浮かべたシーラが、そう言って誘ってくる。

「ほら、ちょっと林の奥に入っちゃえば……ね？」

言いながら、シーラの手がズボン越しに俺の股間を撫でてくる。

「うっ……」

もうすっかり俺の気持ちいいところを知っている彼女が、すりすりと肉竿を撫でてきた。

その顔も女のものになっており、大きなおっぱいが押し当てられる。

「ね、いいでしょ？」

「ああ……」

そんな彼女からのお誘いに、もちろん俺は頷いた。

やはりこの島は楽園だな……。

そう思いながら俺はふたりで遠慮なく、林の中で楽しんだのだった。

●

その夜、リズベットがまた俺の家を訪れてきた。

いよいよ船ができたということもあり、思うところがあるのだろう。

俺はお茶を出して、彼女と向かい合う。

「船のこと、ありがとうございますわ」

「ああ」

まだ全てが完成してはいないものの、それももうすぐだ。

「他にも帰りたいって人はいるのかな……」

それもあるかと思って、最初の計画よりも少し余裕を持った設計にはしておいた。

「どうなのでしょう。わたくしはまだ、そこまでの話はできていないので」

ゆっくりとお茶を飲みながら、リズベットはそう言った。

「俺も、流れ着いたのはリズベットの少し前だし、誰がこっちに来て日が浅いかなんて、ちゃんと把握してないしな……」

こちらで過ごす年月が長いほど、今さら地元に帰ろうとは思わなくなる気がする。

気持ちの整理というものは、案外、時間があればできてしまうものだ。

最初は残してきた者が気になり、ものすごく帰りたかったとしても、こちらでの生活を続ける内に寂しさになれていってしまう。

それに、もし本当にどうしても帰りたいのであれば、自力でも行動しているだろう。

俺の『開発促進』によって難易度は下がるし、安全性は増すと思うが、言ってしまえばそれだけのことだ。

近海で魚を捕るための船はこの島にだってあるし、そこから考えて応用していけば、海を渡るための船を作るというのは思いつかないことじゃない。

多分、俺が知らないだけで、実際にそうして海へ出て行った人はこれまでにもいただろう。

その結果どうなったかはわからないけれど、本当にどうしても帰りたい人は、そうやって命を賭けて頑張ったはずだ。

とはいえ、本気でできることだけが望みの全てと言うわけでもなく。

俺のスキルによってハードルが下がったことで、それなら帰りたいかな、くらいの緩い希望を持った層もいるはずだった。

リズベットにしたって、最初の感じから言って、自力で船を作って帰り着こうというほどではなかったように思う。

帰れないことは確かにショックだったと思うが、基本的には何でもしてもらえる貴族お嬢様ということで、自ら船を用意するという発想自体がなかっただろう。

「それで、その……」

と、気付けば彼女は、ちらちらとこちらを窺っている。

俺は、どうしたのだろうかと首を傾げた。

そんな俺の様子を見ながら、彼女はおずおずと切り出してくる。

「ルーカスは、王国に帰りますの？」

彼女に聞かれて、俺は一瞬固まってしまった。

「帰るか、か……」

なんというかもうそれは予想外で、受け止めるのに少し時間がかかってしまった。

というのも、俺は自分が王国に帰るなんて、少しも考えもしていなかったからだ。

この島に流れ着いて、新しい生活が幸せで……。

たしかに、最初は帰るか残るか、少しは考えていたような気もするけれど。

多分すぐにこちらで暮らすことに決めて、そのまま変わらなかった。

今、同じ王国出身のリズベットに聞かれて、あらためて帰るかを考えてみたが……。

「いや、帰らないな」

貴族としてのあれこれや、難破からの帰還によって騒がれるだろう立場が面倒だという理由ももちろんあるけれど、それ以上に、俺がこの島での暮らしを気に入っているからだ。

エリシエに助けられて、こっちでの暮らしを思い返していくと、やはり俺はここで生きていたいと思う。

「ああ、あらためて考えてみたが、俺はここに残るつもりだ」

そうきっぱり言うと、リズベットは曖昧な表情を浮かべる。

俺は薄々思っていたことを、彼女に尋ねてみることにした。

「最初は本当に帰れるかもしれないって喜んでいたけど……リズベットは今でも、どうしても王国に帰りたいか?」

俺が尋ねると、彼女は少し困ったような顔をした後、小さく首を横に振った。

「わたくしも……最初は帰れないことに驚いて……けれどルーカスのおかげで帰れるかもしれないと知って喜んで……」

そう言って彼女は言葉を続ける。

「でも、ここで暮らす内に、ルーカスやみんなとの暮らしが好きになっていって……今ではこっちのほうが、自分が暮らす場所だという気がしていますわ」

「そうか」

俺は短く言うと、頷いた。

「船は別にあってもいいものだしな。今は無駄になってもいいよ。俺も、リズベットがこっちにいてくれたら嬉しいと思う」

そう言うと、彼女は柔らかく笑みを浮かべて頷いた。

「わたくしも、ルーカスといっしょにいたいと思いますわ」

それに、と彼女は付け加える。

「帰ろうと思っても、本当に帰れるかはわかりませんし、ね」

実際、俺も彼女も、難破してこちらへと流れ着いたのだ。

宝島が長年も見つからなかったこともあるし、普通の方法では外海へと出入りできない可能性だって十分にある。

もちろん、それはただの言い訳だった。

必ずしも無事に帰れるわけではない、なんていうのは、ここにいるための、船で旅立つのを止める建前でしかなかった。

けれど、それでいいのだ。

「それじゃ、これからもここでいっしょに暮らそう」

「そうですわね」

そう言った俺たちは、そのまま少し見つめ合う。

「ルーカスには本当、お世話になってばかりですわね」

「そうかな。まあ、俺も色々と楽しませてもらってるしな」

あえて軽くそう言うと、彼女は少し顔を赤くした。

「もう、そんなこと言って……んっ、それじゃ、お礼もかねて、ルーカスが好きなこと、してさし上げますわ」

恥ずかしがりながらそう言ったリズベットを、俺は眺める。

ふむ。

彼女はこの島に慣れた女性と比べて、羞恥心が強い傾向にある。

折角の機会だし、その恥じらいを見せてもらうことにしよう。

ということで。

「それじゃあ、自分でスカートをたくし上げて見せてもらおうかな」

「たくし上げる……」

「そう。それで、俺に見せてほしい」

「そんなこと……わ、わかりましたわ」

一瞬、恥ずかしがって拒否しようとしたものの、彼女は素直に頷いてくれた。

そして立ち上がると、俺の前に来て、自らスカートの裾を掴む。

白い指がちょこんとスカートをつまんで、ゆっくりと持ち上げていった。

「こ、こうですの？」

リズベットは両手でスカートを、そろそろとたくし上げていく。

彼女の白い腿が露《あらわ》になり、さらにもっと付け根まで……。

大事なところを包み込む、頼りない下着まで見えてしまっていた。

「うぅ……こんなの、恥ずかしいですわ」

彼女は小さく手を震わせながらそう言った。

羞恥に顔を赤くするリズベットはとてもそそる。

俺はただじっと、スカートの下から現れた彼女の下着を見つめていた。

「あぅっ……♥　ルーカス、んっ」

恥ずかしがりながらも、彼女の声に甘いものがまじり始める。

そんなリズベットを眺めているのは、とても楽しくて興奮する。

「うっ……あの、いつまでこうしていれば……」

それに答えようと思ったものの、恥ずかしがる彼女を見て、むしろこのままもう少し無言で見ているほうがいいなと思い直した。

「うぅ……んっ♥」

彼女は小さく、けれど色っぽい声を漏らす。

自らスカートをたくし上げ、見られることに顔を赤くしながら、軽く背けている。

けれどちらちらと、俺の様子を窺っているのがすぐにわかった。

俺はそんな彼女の、無防備に晒された下着を眺めていた。

女の子の大切な場所を包む、頼りない布。

そのすぐ向こうに秘めたる場所があることに加え、普段は隠されているからこそ、その布そのものもエロく感じられる。

実際に身体を重ねるのとは違うエロスがあるのだ。

さらに、女の子が恥ずかしがりながらも、自らそれを見せてくれているというシチュエーションがそそる。

そんな訳で、俺はリズベットのたくし上げパンツに熱心な視線を注いでいくのだった。

「んっ……♥　ふぅ、んっ……」

そんなふうに見られることで、彼女も興奮しているのが伝わってくる。

「あっ……♥　うぅ……」

そのショーツにじんわりと、蜜がにじみ出てきているのがわかった。

ゆっくりと染みだし、下着を変色させていく。

「んっ……あぅ……♥」

彼女は小さく声をあげながら、手を震わせる。

自分でも感じてきてしまっていることが、わかるのだろう。

それがさらなる快楽と羞恥を呼び起こしているようだった。

「うぅ……ふぅ、ん、ぁ♥」

見ている内に彼女はすっかり濡らしてしまい、張りついたショーツの上から、その割れ目の形がはっきりとわかってしまう。

「ルーカス、んっ……♥」

潤んだ瞳でこちらを見るリズベットに、いよいよ俺も我慢ができなくなってしまう。

そこでやっと、口を開くことにした。

「自分でスカートをたくし上げて、下着を見せて……ずいぶん濡らしてるみたいだな」

「……っ！　そ、それは……うぅ……仕方ないですわ。ルーカスがすごい熱心に、わたくしの、その、下着を見ているからですわ」

彼女は羞恥に頬を染めながら、言い返してくる。

その姿はとてもかわいらしい。

「見られるだけで濡らすなんて、リズベットはかなりえっちなんだな」

「それは……その、うぅ……そうですわ。ルーカスにしてもらってから……わたくしはどんどんえっちになってしまいましたわ」

潤んだ瞳でそう言った彼女に、俺はついに我慢できなくなってしまう。

立ち上がると、まだ律儀にたくし上げている彼女を抱き上げた。

「ひゃうっ！」

そして驚くリズベットを、そのままお姫様だっこでベッドへと連れていく。

「る、ルーカス、この格好は、その」

「嫌か？」

すぐ側にあるリズベットの赤い顔が、ふるふると小さく揺れる。

「いえ、嫌ではありませんわ。……むしろその、うぅ……」

先ほどとは違う種類の恥ずかしさに照れているお嬢様を、俺はベッドにそっと下ろした。

彼女は仰向けの姿勢で、俺にうっとりとした目を向けている。

「ルーカス、んっ……」

そしてキスをねだるように、小さく唇を突き出してくるのだった。

「ん」

「ちゅっ♥」

それに応えるようにキスをして、俺もベッドへと上がる。

彼女は俺の首へと腕を回し、そのまま抱き締めてきた。

「ちゅっ♥　ちゅっ……んっ……」

そしてそのまま、何度もキスをする。

俺は抱き締められ、彼女の上に乗る形で、その唇を奪っていった。

「あふっ♥　ん、あぁ……♥」

先ほどの痴態で既にスイッチの入っているリズベットは、うっとりと俺を見上げている。

「んっ……ちゅっ……れろっ……♥」

深いキスをして舌を絡め合い、彼女の口内をなぞっていく。

「んぅ♥　ん、ちゅっ……♥」

唇を離すと、俺は彼女の服へと手を忍び込ませ、そのおっぱいを揉んでいった。

「あんっ♥　ん、あぁ……」

すると甘い声を漏らしながら、熱っぽくこちらを見上げる。

そんなエロい表情に誘われるまま、俺はたわわな果実を揉みしだいていった。

「あふっ♥　ん、あぁ……」

柔らかな乳房が掌で形を変え、指の隙間から溢れ出す。

すっかりエロくなってしまったお嬢様のおっぱいを揉んでいくと、その乳首が触ってほしそうにたち上がってくる。

「ひうっ♥　あっ、んぁっ……ルーカス、それ……」

乳首をつまんで軽くいじると、リズベットは嬌声をあげる。

「んぁ、あっ、だめですわっ♥　あふっ、乳首をそんなに、んっ、くりくりされちゃうとぉっ……んあぁっ♥」

弾力のある乳首を指先でつまんでいじりまわすと、リズベットははしたない声で止めるように言ってくる。

けれどその声色では、明らかにもっとしてほしいとおねだりをしていた。

俺はその期待に応えて、彼女の乳首をさらに責めていく。

「ひうっ♥　あ、あぁ……だめぇっ♥　そんなに、んぁ、あっ、んくぅっ……！」

「乳首だけで、イキそうなくらい感じてるな」

「そんなことっ……♥　ん、あぁ……」

彼女は否定しようとするものの、その言葉も喘ぎに流されていく。

「んぅっ♥　ふっ、あっ、あぁ……♥」

彼女は色づき、甘い声を出していった。

おっぱいを堪能した俺は、そのまま服を脱がせていく。

「うっ、ん、あぁっ……ルーカス、ん、あうっ……」

先ほどのたくし上げで既に十分濡れていたショーツは、胸への愛撫でさらに彼女の愛液を吸っていた。

それもするすると下ろしていき、彼女を全裸にしてしまう。

「うぅ……そんなに見られると、んっ……」

たくし上げはとても素晴らしいものだったが、全裸もやはり素敵なものだ。

彼女の白く華奢な、それでいて女性らしい丸みのある身体。

本来なら秘められている、王国令嬢のあられもない姿に、俺のモノはいきり勃っていく。

俺自身もすぐに服を脱ぎ、その剛直を解放した。

「ルーカスのおちんぽも、もうすごくそり返ってますわね……♥」

「ああ。リズベットのエロい姿を見ていたからな」

「んぁっ♥」

そう言いながら、秘密の入り口へと肉棒をあてがう。

そしてそのままゆっくり、腰を前へと突き出していった。

「ああっ……♥　ルーカスのおちんぽ、入ってきて、んぁっ……！」

もう十分以上に潤っていたおまんこが、俺の肉棒を咥え込んでいく。

その艶めかしく蠢く膣襞に誘われながら、彼女の奥まで自分を届かせていった。

「んくううぅぅっ♥　あっ、おちんぽ、そんなに一気にきたら、んあああぁぁぁっ！」

ズンッと奥まで突くと、彼女が身体を震わせながら嬌声をあげる。

どうやら、挿入しただけで軽くイってしまったらしい。

「あふっ、んぁ、あああっ……♥　今動かれたらっ、わたくし、んうっ……！」

膣内はきゅうきゅうと肉棒に絡みついて、早くも射精を促してくる。

「そうはいってもな、こんなに締めつけられたら、俺も止まれなくなる」

「ひうううぅぅっ♥」

俺はその快楽に押されるまま、腰を大きく動かしていった。

「あふっ♥　んぁ、あああっ！　あ、だめっ、んうぅっ！」

リズベットは早くも極まり、嬌声をあげて身悶える。

たっぷりと潤ったオマンコの中を、肉棒がスムーズに往復していった。

「あっあっ♥　だめ、んぁ、あああ！」

イったばかりのおまんこをかき回されて、リズベットはあられもない声をあげていく。

俺はピストンを行いながら、再び敏感な乳首を摘まみ上げた。

「ひうぅぅぅっ♥　あっ、ダメ、だめぇっ！　んぁ、ああっ……！　おまんこ突かれながら、乳首いじられると、んあぁっ！」

すっかりメスの声をあげながら、彼女は快楽に溺れていく。

その気持ち良さを伝えるように、膣内も蠢いていた。

「あふっ♥　んぁ、ああっ……！　だめ、また、んぁっ♥　イク、イっちゃうっ！　あっあっ♥　んぁ、あああっ……！」

「好きなだけイっていいぞ、くっ……」

うねる蜜壺を往復しながら、乳首を唇で挟んで転がす。

「んはっ♥　あっ、あああ！　ルーカス、それ、あっ、だめですわっ♥　んぁ、乳首、吸いつくの、んぁ、ああ！」

「パンツを見せて濡れたり、乳首が敏感だったり……リズベットは本当にえっちだな」

「あふっ♥　んぁ、ああっ！　そんなの、あぁ……だって、気持ち良くて、あふっ♥　んぁ、あっ、あぁっ！」

素直に感じてくれるリズベットは、とてもかわいい。

そう思いながら、俺はさらに彼女を責め立てていった。

敏感な乳首とおまんこ。

何度も身体を重ね、わかってきた彼女の弱点を責めていくと、再びリズベットが高まっていくのが伝わってくる。

「あふっ♥　あっ、だめ、もうっ♥　んぁっ、あああっ！　あぁ……ん、くぅっ、イクッ……イっちゃいますわっ♥」

「くっ、そんなに締め上げられると、俺も……」

エロく絡みついてくる膣襞を擦ると、それに反応してさらに吸いついてくる。

俺はラストスパートで腰の動きを激しくし、リズベットのおまんこをかき回していった。

「んくぅうぅっ♥　あっ、んぁっ♥　ルーカス、んぁ、あっ、もう、らめっ♥　あふっ、んぁ、あ、あああっ！」

「く、俺も……」

激しいピストンはこちらにも大きな快楽を与えてきて、精液が上ってくるのを感じる。

「あふっ♥　あっあっ♥　ルーカス、んぁ、そのまま、あっ、イクッ！　もうつ、んぁ、あぁっ、イックウゥウウウッ！」

「う、あぁ……！」

びゅくくっ、びゅるるるるるっ！

彼女が絶頂したのに合わせて俺も射精した。

「んあああぁぁぁっ♥　あ、あぁっ！　すごいっ、んぁ、イってるおまんこに、せーえき、びゅくびゅくでてるぅっ……！」

彼女の膣内は精液を受け止め、歓びを伝えるかのように肉棒を絞り上げてきた。

射精中の肉竿からさえ、さらに精液を大量に搾り取ろうとするその動きに負けて、俺はしっかりと最後まで出し切ってしまう。

「う、あぁ……♥」

彼女はうっとりと嬉しそうにそれを受け止めて、恍惚の表情を浮かべていた。

「あふっ♥」

そんなリズベットの膣内から、肉棒を抜く。

直前までペニスを咥え込んでいたおまんこが、まだぽっかりと口を開いており、混ざった体液を溢れさせながら妖しく光っているのが見える。

清楚だったお嬢様の秘部は絶頂で弛緩し、すっかり俺のかたちに拡がっていたが、少しずつ収縮して口を閉じていく。

こぽり……と、そこでまた淫液がそこから漏れ出した。

そのはしたなくもエロい光景を眺めながら、俺は一息ついた。

「ルーカス……んっ♥」

そしておねだりしてきた彼女に、軽いキスをした。

「ちゅっ……♥　んっ……」

彼女はそんな俺を抱き締め、再びキスをする。

俺はまた口づけを落とし、彼女を抱き締めた。

「ちゅう、んっ……んむっ……」

そして抱き合ったまま名残惜しくて、何度もキスを繰り返していく。

「これからも、ずっといっしょですわね」

「ああ。もちろんだ」

「んっ♥」

しっかりと頷くと、彼女は嬉しそうに俺の首元に顔を埋めてくる。

セックスの後の火照ったその身体と、彼女の甘い匂い。

そして柔らかなおっぱいを感じながら、しばらくはそうして抱き合、お互いの存在を自分に染みこませているのだった。

第五章　続いてゆく島での暮らし

その後も結局、誰もこの島を出て行くと名乗り出ることはなかった。

やはりみんな、ここでの生活が気に入っているのだろう。

もちろん、俺もそうだった。

ただ、どうも島の中ではむしろ、俺が出て行ってしまうのではと心配されていたらしい。

そう聞かされて、俺自身としては意外だった。

こんなに美女に囲まれ、求められる男冥利に尽きる生活を、手放すはずないのにな。

これまで男と縁がなかった彼女たちは、その分なのか性欲も強い。

しかも、各国から選りすぐったかのような美女ばかりなのだ。

外から来た俺にとっては、エロエロな美女に囲まれる最高の生活なのだが、確かに反対にして考えてみると、彼女たちの懸念も理解できるかもしれない。

貪欲な自分たちの相手をすることが、俺にとって負担なのではないかとでも思ったのだろう。

そのあたりは認識の違いってやつだ。

と、そんなわけで。彼女たちが思っているよりもずっと、俺はこの島で求められるのが好きなんだと伝えて、誤解を解いておいた。

その際に、なんだか妖しげな視線をいくつも浴びた気がするけれど、まあそれも含めて大歓迎って感じだ。

そして、誰も出て行かなかったということもあり、村ではお祭りが行われることになったのだった。お祭りと言っても、元日本人の俺が想像するようなものではなく、どちらかというと宴とかパーティーって感じだ。

みんなでキャンプファイヤーのようなものを作り、飲んで食べての宴会を行うのだった。

「こうやってみんなでわいわいするの、なんだか新鮮だな」

「普段はなかなか機会もないしね。はい、ルーカス」

「おう、ありがとう」

キャンプファイヤーが夜を明るく照らす中、俺は何人もの美女たちに囲まれて、料理や酒を渡されていた。

相変わらずこの島らしく、露出度の高い女の子たちに囲まれて、ときにはあーんされたりしているのは、まさに酒池肉林って感じだった。

大がかりなたき火を中心に、みんながわいわいと飲み食いしている。

「ほらルーカス、お酒持ってきたよ」

「ありがとう」

次々に現れる女の子たちに勧められるまま飲みながら、話をしていく。

みんなが話しかけるきっかけとして食べ物や飲み物を持ってくるので、俺は瞬く間にお腹いっぱいになってしまいそうだ。

けれど、こうして話かけてきてくれる美女たちと過ごすのは楽しい。

そんなことを考えていると、ついつい勧められるまま酒を飲んで、早くも酔ってきてしまうのだった。

「ね、ルーカス」

「おう」

そんな俺に声をかけてきたのはエリシエだった。

「結構ハイペースじゃない？　そろそろ止めたほうがいいかも」

「ああ……」

俺が泥酔しそうなのを察して、助けに来てくれたらしい。

「そうだな……ちょっと涼んでくるか」

そう言って、俺は立ち上がる。

エリシエが付き添ってくれながら、俺はキャンプファイヤーのそばを離れて、涼しげな林のほうへ向かっていった。

「うー」

俺は軽く伸びをする。

やはり酔っているみたいで、じんわりと身体が熱いし、気分もふわふわしている。

「ね、ルーカス、大丈夫？」

「ああ……」

彼女は近づいてきて、俺の身体を支えた。

彼女のいい匂いを感じると同時に、爆乳が押し当てられている。

「ん、しょっ……」

俺を支えるように腕を回すと、余計にぐいぐいとおっぱいが押し当てられる。

酒でややぼーっとした俺の欲望が、むくむくと膨らんでしまった。

「ふふっ、ここ、元気になっちゃってるね♪」

そう言いながら、エリシエは俺の股間をなで回してきた。

「ほら、服の上からでも、大きくなってるのがよくわかるよ……こんなに硬くして……これじゃ、みんなのところに戻れないね♥」

「うっ……」

にぎにぎと肉棒をいじられて、声が漏れてしまう。

同時に、オスとしての欲望がさらに膨らんでいった。

「ね、どうする？　ここなら誰も来ないだろうし、ね？」

妖艶な笑みを浮かべて、エリシエが誘ってきた。

ただでさえ魅力的な彼女を前にして、理性の薄れかけた俺が我慢できるはずもなかった。

「きゃっ、もうっ♥」

ぎゅっと彼女を抱き締めて、そのお尻をなで上げていく。

彼女は誘うように腰を振って、俺に抱きついてきた。

そしてその爆乳をむにゅむにゅと押しつけて、さらに誘惑してくる。

その誘いに乗る形で、俺はお尻を撫でていた手を身体の間に入り込ませて、たわわなおっぱいを揉み始めた。

「あっ♥　んっ……」

少し身体を離し、正面から爆乳をこねるように揉んでいく。

相変わらず最高な揉み心地の爆乳おっぱいをさらに堪能するため、俺は彼女の服をずらして、一気に露出させた。

「あっ♥　やぁ……外なのに、出しちゃうなんて……♥」

口では言いながらも、彼女はまるで抵抗しない。

それどころか、また俺の股間に手を伸ばしてくるのだった。

そしてそのまま、俺の肉棒を引っ張り出してくる。

「ふふっ、ルーカスのおちんちん、ガッチガチだね……♥」

「くっ、エリシエ……」

「ふふっ。おっぱいを気持ち良くしてくれるお返しに、なでなでしてあげるね……」

「うっ……」

彼女は亀頭を掌でなで回してくる。

柔らかな手の気持ち良さを感じながら、爆乳を揉んでいった。

与えられる刺激と手に感じる気持ち良さ。

俺はそれらを感じながら、どんどん昂ぶっていく。

「あんっ♥　ルーカスの手つき、すごくえっちになってるっ♥　ん、あふっ……」

「エリシエだって、そんなに先をいじり回してきて……」

「ふふっ、おちんちんすっごく硬いのに、ここだけちょっとぷにぷにしていてかわいいもの。ほら、なでなで」

亀頭をなで回されていると、気持ちいいが射精には近づかない、不思議な快楽が蓄積していくのを感じた。

むずむずとした気持ち良さはあるものの、むしろもっと直接的な刺激が欲しくなってしまう。

「エリシエ……」

「んっ♥　ルーカス、あんっ♥」

俺は手を下へと滑らし、彼女の下着をなで上げる。

くちゅり、と音がして、もうすっかり濡れているのがわかった。

「んっ♥　あっ、ふぅんっ……」

割れ目をいじると、彼女が色っぽい声をあげながら身悶える。

俺はそのまま彼女のアソコを愛撫していった。

「んはっ♥　あっ、ふぅっ……」

「うっ……」

彼女は秘部をいじられ感じながらも、変わらず俺の亀頭を撫でて、責めてきていた。

その快感が俺の獣欲をより盛り上がらせていく。

「あぁ、んっ、ねぇ、ルーカス……」

彼女は潤んだ瞳で、俺を見上げてくる。

そのかわいくもエロい表情だけで、俺の理性を奪っていくには十分だった。

「それそろ、挿れて……」

「あぁ……」

そうおねだりしながら、また亀頭をいじり回してくる。

心なしかその手つきも、彼女の興奮に合わせてさらにエロくなっている気がした。

「それじゃ、木に手をついて」

俺は彼女から離れると、そう言った。

林の中ということで、繋がれる体勢は限られてくる。

「うん……こう?」

彼女は俺が言うとおりに木に手をついて、そのお尻をこちらへと突き出してきた。

十分に潤ったアソコが、ものほしそうにこちらを誘っている。

「あんっ♥」

俺は彼女の腰を掴むと、柔らかな膣口に肉棒をあてがった。

「んっ……ルーカスの硬いのが、ゆっくりと、んぁっ……!」

そのまま腰を進めていくと、肉竿はずぶずぶとおまんこに飲み込まれていく。

「あふっ♥　んぁ、ああああっ……！」

しっかりと濡れた膣道は、肉棒をスムーズに飲み込んでいった。

「う、あぁ……奥まで、入ってきてる……」

「ああ。エリシエの中、すごい締めつけてくるな」

立ちバック状態でモノを受け入れた彼女は、それだけでは物足りないとばかりに、小さくお尻を振ってきた。

俺はそんな彼女の誘いに乗って、腰を動かし始める。

「あふっ、あぁ、んっ！」

緩やかなピストンでも、彼女がしっかりと締めつけてくるので気持ちがいい。

「あふっ♥　ん、あぁ……」

膣襞が震えて肉棒を擦り、互いの快楽を高めていった。

「あぁ……だめっ……そこ、あぁっ！」

「ここがいいのか？」

「んくぅっ♥　あ、あぁ……♥」

肉棒の角度を調節してやると、彼女はあられもない声をあげていく。

「すっごいエロい声出てるな」

「だってぇっ……♥　ルーカスのおちんちんが、んぁっ！」

彼女は声をあげながら、自らも腰を動かしてくる。

それが意識的なモノなのか、快楽による無意識のものかはわからなかったが、そんな淫乱な彼女を見ていると、俺も盛り上がってしまう。

「んくぅっ♥　あっ、んはぁっ……！」

さらに激しくピストンを行い、彼女のおまんこをかき回していく。

「はふっ、んぁ、ああっ！」

彼女は存分に嬌声をあげ、乱れていった。

「でも、あまり大きな声をあげると、誰かに聞こえるかもしれないぞ？」

「あんっ♥　あ、あぁっ！　大丈夫だよっ、みんな騒いでるし、離れてるからぁっ！　ん、あぁあぁあっ！」

そうは言うものの、彼女は声を抑えることなく思いっきり喘いでいる。

さすがに聞こえるんじゃないかと思うのだが……。

「まあ、聞かれてもいいか」

俺はそう思い直して、腰を振っていく。

どのみち、こういうことをしているのは知られているんだし、問題にはならないだろう。

「えぇっ、いや、聞かれるのはちょっと、んあっ！」

けれど、エリシエは違うらしかった。

聞こえないと高《たか》をくってはいたものの、実際に聞かれるのは恥ずかしいらしい。

まあ、普通はそうか。

しかしそのほうが、俺には好都合なシチュエーションかもしれない。

「それなら、少しは声を抑えないと、な！」

「んくうぅぅっ♥」

奥のほうを勢いよく突くと、彼女が嬌声を上げてのけ反る。

それと同時に膣道がきゅっと締まり、感じているのがわかった。

そんなおまんこを、俺はこれでもかとかき回していく。

「ひうっ！　あ、あぁっ……！　だめっ、んぁ、ああっ！　そんなに突かれたらぁっ……声、出ちゃうっ！」

「でも、こっちは喜んでるみたいだぞ」

そう言いながら肉棒を動かしていく。

「んぁっ！　あぁ……気持ち、んぁっ♥　いいけど、ダメなのぉっ……！　そんなに、んああ！　あっ、んくうっ！」

木に寄りかかった体勢で、エリシエは嬌声をあげる。

膣襞はますます肉棒に絡みつき、野外での快楽を貪っているようだった。

「んくっ♥　あっ、んはぁっ！」

「そうやってまた大きな声を出すと、ほんとに誰かに気づかれるかもしれないぞ……」

「んはぁっ♥　そんなこと言われても、ん、あぁっ！」

少し離れているとはいえ、広場ではまだ祭りの最中なのだ。

誰かが酔い醒ましに、ふらっとこちらへ来ないとも限らない。

それなのに、エリシエはむしろ、その状況に興奮しているようだった。

「あっあっ♥　だめ、あうっ……♥」

そんな彼女の様子に、俺も興奮していく。

そしてそのまま、ラストスパートで腰を動かしていった。

「んくぅっ！　あっあっ♥　だめもうっ、あ、ああっ！」

エリシエは声をあげながら身悶える。

快楽のあまり、力が抜けて姿勢が崩れているので、俺はその腰をしっかりと掴んでピストンを行っていった。

「あっ♥　もう、んぁっ……！　ああっ！　イクッ！　私、んぁっ、お外で、イっちゃう♥　あ、ああっ！」

「くっ、そんなに締めつけて……」

「だって♥　んぁ、ああっ……こんなところで、んぅっ、こんな格好で……♥」

「誘ってきたのはエリシエなのにな」

「うぅっ……♥　あっ♥　んぁ、あああっ！」

俺は昂ぶりのまま腰を振り、彼女のおまんこを犯していく。

膣襞も震え、絶頂が近いのを伝えてきていた。

俺自身も限界が近く、膣襞を擦る度に精液が少しずつ上ってくるのを感じていた。

「んぁっ、だめっ♥　もうっ、んぁっ、あぁっ……お外で、イクッ、イクイクッ！　イックウゥゥウゥッ！」

嬌声をあげて、彼女が絶頂する。

その瞬間、おまんこが万力のように締めつけてきて、肉棒をむぎゅっと絞り上げた。

「くっ、出るっ……！」

その気持ち良さに合わせて、俺は射精した。

「あぁぁぁぁっ♥　出てるっ……ルーカスの、熱いのが、ベチベチ奥にあたってるぅぅっ♥　んぁ、あ、あぁぁぁぁっ！」

「ぐっ、あぁ……すごっ！　おおお……」

膣奥への中出しを受けてs、彼女がまた快楽に声をあげていく。

射精中の肉棒も震えながら、その膣襞にきゅうきゅうと締めつけられていった。

エロい膣内のオーダーに応えるかたちで精液を残らず出し切ると、俺はゆっくりと肉棒を引き抜いていく。

「あんっ♥」

引き抜くときにもずるっと擦れて、エリシエが艶めかしい声を漏らした。

「あふっ……♥　う、うぅ……。すごく、いっぱい出たね……」

「ああ……」

野外というシチュエーションは、とても興奮する。

あらためてそう思いながら、俺たちは息を整えて、しっかりと後始末をしてから、お祭りへと戻るのだった。

●

俺を含め全員が島に残ることを選び、村はより活気づいた気がする。

最初は流れ着いてきて選択の余地がなかったわけだが、船を切っ掛けに、今はみんなが前向きにここを選んだというのもあるのだろう。

そうしてここでの生活をあらためて楽しんでいるわけだが、依然として男は俺ひとりしかいない。

様々なお誘いは後を絶たず、俺は理想的なハーレム生活を送っているのだった。

と、そんな中で今日は、若い娘への性教育を行うので手伝ってほしいと言われた。

「私たちは、その……知識ばっかりだったでしょ？　その子たちもそうなの。だけどそれよりは、ちゃんと男の人を知っていたほうがいいと思って」

エリシエにそう言われて、まあそれもそうかなと思ったのだった。

「まだえっちはできないけど、経験は大切だしね。それに、男の人のほうが生殖期間って長いでしょ？　だから後々は、ルーカスが相手することになるかもしれないし」

そう付け加えたエリシエに、まあ男が増えなければそうなるかと納得したのだった。

俺にしかできないことだし、みんなのためになるなら協力しようということで、俺はエリシエの家に向かう。

「あっ、ルーカス」

「今日はよろしくね！」

エリシエの家に着くなり、ふたりの美少女が俺のところへ駆け寄ってきた。

子作り前の性教育ということもあって、シーラよりも若い感じだ。

「よ、よろしくお願いします……」

その後ろにもうひとり、控えめな美女がいた。彼女のほうはシーラくらいだが、その大人しい様子から、あまり積極的なタイプでないのがよくわかる。

三人とも、どこかで見た気はするな。ちょっとした顔見知りではある。

「ありがと、ルーカス」

「ああ、役に立てるならいいよ」

そう言いながら、俺たちはさっそくベッドへと向かう。

「まずはルーカスが、脱いでくれる？」

「ああ」

俺は頷いて脱ぎ始める。

しかし既に何度も身体を重ねているエリシエはともかく、見せたことのない女の子三人が見守る中でというのは、ちょっと落ち着かないものだ。

まあこれも勉強のためだからということで、俺は素っ裸になった。

「わぁ……」

思わず、という感じで声をあげたのは、いちばん大人しかった彼女だ。

こうして実践性教育に来ていることもあり、積極的ではないものの、興味はあるのだろう。

そんなふうに真面目に見られていると、やはり少し緊張する。

そんな俺の側にエリシエが来て、説明を始めた。

「ほら、これがおちんちん。男の人の証」

エリシエがそう言うと、三人の目が俺のペニスへと向く。

「たしかに、わたしたちとは違うね」

「本物って、こうなってるんだ。ねえルーカス、触ってもいい？」

「ああ」

興味津々に眺めている彼女たちに問われて、俺は頷いた。

すると積極的なほうのふたりが、すぐに手を伸ばしてくる。

「わ、思ったより柔らかいんだね」

「持ち上げると、くにゃってなっちゃう」

彼女たちはまだ柔らかなままのペニスを、楽しそうにいじっている。

その後ろで、もうひとりがじっと俺のモノを見つめていた。

「ほら、キエトも。これはお勉強なんだから」

「う、うん……」

エリシエに促されて、キエトというらしい彼女もおそるおそる、という感じで肉竿を掴んできた。

「わっ……」

彼女の指が柔らかな幹を摘まみ、そのままふにふにと刺激してきた。

自分にはないもの……くらいの感じだった先のふたりとは違い、性的な視線と意識をもった指使いが甘い刺激となって襲ってくる。

「ふふっ」

その様子に、エリシエが笑みを浮かべる。

「つんつん……なんだか、ちょっとかわいいかも」

「不思議な感じ……」

「あぅ……ルーカスの……んっ……」

ちゃんとした愛撫ではないとはいえ、三人の手でいろいろとペニスをもてあそばれていると、さすがに俺も反応してきてしまう。

「あっ、これ、なんだか大きくなってきてる？」

「勃起、してるんだ。わぁ」

「あぅっ、あ、わわっ……」

知識で知っているらしい勃起を見て、手で感じ、ふたりは楽しそうな声をあげる。

そんな中、ひとりだけ少し慌てつつも、キエトは少し色っぽさを出していった。

「そう、おちんちんは興奮すると大きく、硬くなってくるんだよ。これで女の子の中に入れる準備ができるの」

そう言いながら、エリシエが三人に説明していく。

自分の勃起を説明されるっていうのは、なんか羞恥プレイみたいだな、と思った。

エリシエのほうも、基本的には冷静に、真面目に、という感じなのだけれど、勃起を確認してからは少し色気が出ているような感じだ。

「男の人はおちんちんをいじられると、気持ち良くなるからね。みんなも、気持ち良くする方法は知ってるでしょ？」

「うん。いろいろ聞いたしね」

「でもこんな大きいの、握るのも大変だよね」

そう言いながら、小さな手でにぎにぎと竿をいじってくる。

「うぁ……すごい、硬い……」

そう言いながら刺激されていると、思わず声を漏らしそうになる。

三人の手はそれぞれ自由に動き、個々はつたないながらも不規則で予想外な刺激を与えてくるのだった。

「そう、それじゃ実際に、ルーカスを気持ち良くしていこうか。おちんちんは大事なところだから、扱いには気をつけてね」

「うん！」

「わかった！」

ふたりが元気に返事をする横で、キエトはちらちらと、俺の顔と肉棒とで視線を往復させながらいじってくる。

その手つきには早くも性的な色合いが強く、消極的ながらも彼女が真剣なのが伝わってきた。

「たしか、こうやって上下に擦るといいんだよね」

「おちんちん、しこしこー」

ふたりは明るい様子で、まだ性的な含みの少ない感じで肉棒をしごいてくる。

とはいえ、その軽いノリの手コキもふたり分となるとなかなかに侮れない。

羞恥がない分、好奇心のままに覚えたことを試してみようという感じで、俺を遠慮なく責めてくるのだった。

ふたりが手を動かしていくそれを見て、キエトもおずおずと手を動かし始めた。

これで三人分の手コキが、襲いかかってくる。

さすがに三人でともなるとストロークの距離もほとんどなく刺激はそこまでではないが、シチュエーション自体が特殊なこともあって、新鮮な気持ち良さだった。

「おちんちん、ガチガチだね……」

「うん、男の人ってこうなってるんだね」

そんなふうに言いながら竿をしごいてくるふたり。

そんな中、キエトが手を下へと滑らせる。

「ここで、精液が作られているんですよね……」

そう言ってキエトは、さわさわと陰嚢を持ち上げるようにした。

「そうね。そのタマタマの中で、赤ちゃんの元がつくられてるの」

「ふにふにしてて……ずっしりしてる」

「ふふっ、きっといっぱい精液が溜まってるのね」

エリシエは明るく言いながら、密かに舌なめずりをした。

彼女も段々とその気になっているのだろう。

まあ、これが終われば……と俺も邪な考えを浮かべ始めるのだった。

「……ごくっ」

溜まっている、という話を聞いて、キエトが唾を飲んだ。

彼女はやはり、かなり興味があるのだろう。

年齢的にも問題ないし、彼女のことはこの先誘ってみてもいいのかもしれない。

けれど、ゆっくりと彼女のペースに合わせたほうがいいので、当分は先になるのかもしれないな。

まあ、無理をする必要なんてないのだ。

村としてはそりゃ子供がいたほうがいいけれど、村長もそれぞれの意思を尊重するほうが大切だって思っているし。

そんなことを考えていると、今度はふたりが玉のほうに興味を持ちだした。

「ね、わたしたちも触ってみていい？」

「そこは敏感だから気をつけてね」

「はーい！」

エリシエの言葉に頷いて、ふたりが陰嚢へと手を伸ばしてくる。

先ほどよりも慎重な手つきで、さわさわと触れてきた。

「わ、これがタマタマなんだ」

「ほんとう、ずっしりしてる……」

ふたりはくすぐったいくらいの手つきで陰嚢をいじってきた。

その間に、キエトの手が竿へと向かう。

「これを、こうやって擦って……」

「……っ」

彼女はこの勉強会の狙い通り、知識でしかないものを実際に試してみようとしたのだろう。

ふたりとは違う、射精を意識した確実にエロい手つきで肉棒をしごいてきた。

細い指が肉棒を掴み、上下に動く。その指が亀頭やカリ裏を擦り、しゅこしゅこと往復する。

大人しい彼女の、ちゃんとした大胆な手コキに思わず声が出そうになって耐える。

これまで積極的に動けなかっただけで、既に女としての準備はできている彼女の奉仕行為に、俺の身体もその気になってしまう。

「わぁっ、本当にタマタマが二つ入ってるんだ」

「ころころしてる。これ、今も精液をつくってるんだよね？」

「ああ、そうだ」

「すごーい」

「気持ち良くなると、出てくるんだよね」

そんなふたりの無邪気な様子とは違い、キエトはうっとりとした顔で俺を見上げた。

「ね、ルーカス……精液出すところ、見せて下さい……」

彼女は女の顔でそう言うと、肉棒をさらに速くしごいてきた。

「うん、わたしたちも見たい！」

「精液って、飛ぶんだよね!?」

話題に乗ってきたふたりを見て、エリシエも頷く。

「そうね。実際に出してもらうのがわかりやすいよね。ほら、おちんちん気持ち良くなってくると、先っぽから我慢汁が出てくるの」

そう言いながら、エリシエが鈴口をくすぐるように撫でてくる。

「うぉ……おい、エリシエ！」

そのまま指先で、エリシエは我慢汁を掬《すく》い取った。

「エリシエ……急に……」

さすがに俺の急所を知り尽くしているので、刺激に容赦がない。

「ぁ……♥」

「わっ、すごい」

「とろっとしてるんだね……」

その粘液の様子に、三人が反応する。

「わたしたちも、おちんちん気持ち良くする」

「この辺がいいんだよね？」

三人が俺を射精させようと、思い思いに愛撫をしてくる。

その刺激でいよいよ我慢できなくなってきた。

「どうなるんだろう……」

「白いのが出てくるんだよね」

「んっ……♥　ふっ……♥　ああ、どんどん硬くなってきて……」

純粋な好奇心旺盛なふたりと、確実にエロい吐息を漏らしているひとりが、俺をイかせようと手コキをしてくる。

「くっ、そろそろ……」

「出るの!?」

「見せて見せて！」

「ぁっ♥　先っぽ、張り詰めてますね……」

「そう、そうすると精液が上ってくるの」

女の子たちの手で肉棒がしごかれ、限界を迎える。

「ぐっ、出るっ！」

びゅるっ、びゅく、びゅるるっ！

俺の肉棒からついに、大量の精液が吹き上がった。

「わぁっ！　すごいっ」

「びゅくびゅくって出てる……」

「これが、お腹の中で……♥」

射精する肉棒と、飛び出る精液を眺めている三人。

多くの美少女に注目されながらの射精は、さすがに少し気恥ずかしい。

「すごい……これが精液なんだ」

「ねばねばしてる……」

ふたりは飛んだ精液をいじって楽しんでいるようだった。

なんというかこの様子だと、まだ性的なことは早かったのでは？　という気もしている。

でも女の子は、変わるときはあっという間だしな。

なんてことを思っていると、キエトが声をかけてきたのだった。

「ルーカス、あのっ、明日の夜――」

顔を赤くした彼女に、俺は頷いた。どうやら実践的な性教育ってやつは、効果があったらしい。

●

そんなわけで性教育が終わった後、三人は帰り、俺だけがエリシエの家に残ったのだった。

「さて、それじゃ……」

そう言って、服をはだけさせながらエリシエが近づいてきた。

「いきなりだな」

一度出してややすっきりしている俺が言うと、彼女はエロい表情でこちらに近づいてくる。

「だって間近でルーカスのおちんちんを見て、解説してるのに、私だけお預けだったんだよ？　本当はすぐにでもほしかったのに、ちゅっ♥」

そして彼女は俺ではなく、素早く脱がせてチンポのほうにキスをしてきた。

「ほら、こっちもやる気になってるし♪」

エリシエはそう言って肉棒をつついてくる。

「さっきはあくまでおちんちんに実際触れて、男の人に慣れてみるっていうところだったけど……私はもちろん、もっとすごいことしてあげるから♪」

エリシエは自らの爆乳を両手で持ち上げるようにアピールしながら言った。

その柔らかそうに形を変える乳肉に、思わず目を奪われてしまう。

「ふふっ、えいっ♪」

「おうっ」

彼女はその爆乳で、むにゅんっと肉棒を包み込んできた。

柔らかなおっぱいに包み込まれるのは、やはり気持ちがいい。

「ん、しょっ……」

むっちりとした肉感で、力強く圧迫してきた。

「あんっ、おちんちん、もうすっごく硬くて熱い……♥」

その乳圧は気持ち良く、むにゅむにゅと形を変えながら肉棒を包んでくれている。

「ほら、こうやってぎゅーってすると、私のおっぱいをすっごく押し返してきちゃう♥　んっ、あ
あっ……！」

「う、エリシエ……」

彼女は肉棒を爆乳で締めつけながら、こちらの様子を窺ってくる。

「あぁ……♥　もっといっぱい動けるように、ちゃんと濡らさないとね。れろぉ……」

「うぁっ……」

彼女は一度胸を大きく開いて肉棒を露出させる。

これまで包み込まれていたおっぱいから解放され、肉竿が空気に冷やされた。

そこに、彼女の唾液が垂れてくる。

エロく口を開いたエリシエからとろりと唾液が垂れて、肉棒を妖しく濡らしていった。

「これで動きやすくなったね。えいっ」

「おうっ」

彼女は再びそのおっぱいで肉棒を包むと、上下に揺らしてしごいてきた。

「ん、しょっ♪　ふふっ、おっぱいの中でくちゅくちゅえっちな音を立てながら、おちんちんが擦
られちゃってるね」

「う、あぁ……」

滑りのよくなった乳内で、肉棒がしごきあげられていく。

「あんっ♥　おちんちん、おっぱいの中で跳ねちゃってる。もうっ、むぎゅーっ♥」

「エリシエ、それっ……」

「おっぱい、気持ちいいでしょ？　ほら、えいっ」

「ああっ……！」

彼女のパイズリで、俺の興奮はいやでも高まっていく。

「んしょっ♥　ふぅ、んっ……。おっぱいぐいぐい押してくる、逞しいおちんちん……♥　あふっ、ん、あぁ……」

彼女は大きく胸を弾ませて、肉棒をしごきあげてくる。

気持ち良さと、揺れるその爆乳にオスの欲望が膨らんだ。

「んぅっ、しゅっ……ねえルーカス、もう我慢できなくなっちゃった……んっ、あぁ。このまま、挿れていい？」

「ああ」

彼女の言葉に頷くと、エリシエはぬぷんっとおっぱいから肉棒を抜き、そのまま俺の上に跨がってきた。

「んっ、しょ……」

そしてフル勃起な肉棒を掴み、自らの膣口へと導いていく。

「んぁ、ああっ……やっと、きたぁ……♥」

ぬぷりと音を立てながら、肉棒が彼女のおまんこに飲み込まれていく。

俺の上に跨がった彼女が、そのまま上半身をこちらへと倒してきた。

「あふっ♥　ずっと焦らされてたから、挿れただけできゅんきゅんきちゃう……♥」

「エリシエ……んっ」

「んむっ……ちゅっ♥」

すぐ側でエロい顔をされて、俺は溜まらず彼女を抱き寄せてキスをした。

「れろっ……ちゅっ」

そのまま舌を伸ばしてきた彼女に応え、互いの舌を絡め合う。

「ちゅくっ。ん、れろっ♥」

舌をからめながら、エリシエは腰を動かし始めた。

「んむっ♥　あっ、はぁっ♥」

唇を離して、至近距離でエリシエが吐息を漏らす。

間近で蕩け顔をしているエリシエに、俺の欲望は高まっていった。

手コキで一度出した後とはいえ、先ほどまでパイズリで気持ち良くされていたのだ。

肉棒はもう準備万端だった。

「あっ♥　ん、くぅっっ、あふっ……！」

エリシエの腰がなめらかに動き、その爆乳が俺に押し当てられている。

俺はまず彼女の背中へと手を回し、ぎゅっと抱き寄せた。

「あんっ♥」

むにゅりとおっぱいが押し当てられるのと同時に、腰も降りて彼女が嬌声をあげる。

「ルーカス、んっ♥」

するとエリシエは再びキスをして、また腰を動かしていった。

「あふっ♥　ん、あぁっ……！　私の中、ルーカスのおちんちんがズブズブ動いてるっ。んぁ、あぁっ！」

ぞりっと膣襞が擦れて、エリシエが喘いだ。

そして膣内がきゅっと締まってくる。

「あふっ、ん、あぁ……ルーカス、あふっ」

「くっ、こっちからもいくぞ」

「んはぁぁぁっ♥」

俺は下から腰を突き上げて、彼女のおまんこを肉棒で貫いていった。

突然の突き上げに彼女はびくんっと身体を震わせる。

「あっ♥　あっ、んぁっ……！　下から、んぅっ！」

お互いの腰のタイミングを合わせ、快感を高め合っていく。

「しっかり感じてくれ。ほらっ」

「んぅっ！　感じてる、感じてるよぉっ♥　ルーカスのおちんちんが、んぁっ♥　私の奥まで、ズンズン突いてくるのぉ！」

快楽に身悶えながら、エリシエが喘いでいく。

ぱちゅんぱちゅんとエロい音を響かせながら、ピストンが繰り返されていく。

「あふっ、んぁっあっ♥　ルーカス、んぅっ」

彼女は俺を呼びながら、腰を振っていく。

俺も負けじと腰を突き上げて、彼女の奥まで肉棒を届かせていった。

「んくぅっ♥　あ、あぁ……ルーカスのおちんちんっ……私の、んぁ、一番奥にきて、んぅっ、こつんこつん、叩いてるっ……」

「う、あぁ……」

子宮口に届いた肉棒が、くぽっと咥え込まれてしまう。

子種を求めるその動きにオスの本能が刺激され、射精の準備を始めてしまう。

「あふっ♥　あぁ……すごいっ！　私の、んぁ、赤ちゃんの部屋に、ルーカスのおちんちんが入ってきちゃうっ♥」

「エリシエ、そんなに締めつけられるとっ……！」

「だって、気持ちいいんだもんっ！　あ、んぁっ♥　私の全身が、んぅっ、ルーカスを欲しがって、きゅんきゅんしてるっ……♥」

「うあぁっ……！」

彼女はさらに激しく喘ぎ、肉棒を締めつけてきた。その肉の抱擁に、俺も声を漏らしてしまう。

「あうっ、んぁっ、ああっ♥　きてっ、そのまま、あぁぁっ！　私の、んぁ、中でいっぱい出してぇっ！」

「ああ、そろそろイクぞ」

「うんっ！　私も、あっ♥　イク、からぁっ……♥」

エリシエはそう言うと、腰を大きく振っていく。

膣襞全体が絡みついてうねり、肉棒へ精液をねだってくる。

その快楽に導かれて、腰の奥から精液がせり上がってくるのを感じた。

「あふっ♥　んぁ、ああっ！　あふっ、あっあっ♥　イクッ！　もう、んぁ、ああっ！　ルーカス、んうぅっ！」

「エリシエ、このままっ……！」

「んはぁあっ♥　あっあっ♥　うんっ、一番奥に、んぁ、あうっ。あぁっ、らめ、イクイクッ！　あ、んはぁっ♥　イックゥウウウウッ！」

どびゅびゅっ、びゅるるっ、びゅくんっ！

彼女が絶頂し、その膣襞が肉棒を絞り上げる。

それに合わせて、俺も子宮口へと向けて、思いきり射精した。

「んあぁぁっ♥　あっ、すごいっ♥　せーえき、奥にベチベチ当たってるぅっ……♥　直接、注ぎ込まれてるぅ♥」

「う、あぁ……」

射精中も貪欲に、膣襞が蠕動して絡みついてくる。

その締めつけに促されるまま、俺は余さず精液を搾り取られてしまった。

「あふっ♥　あぁ……すごい、んぁっ……」

彼女はうっとりと呟きながら、俺の顔をのぞき込む。

「んっ……」

そんな彼女にまたキスをすると、膣内がきゅんっと締まった。

「ルーカス、ちゅっ♥」

すっかり精液を出し切った俺は、そのまま力を抜いていく。

エリシエはしばらくそのまま俺の上に乗っていたが、落ち着いたのか腰を上げていった。

「あんっ……」

おとなしくなっていたペニスがぬるりと抜けて、彼女が少し寂しそうな声を出した。

そしてすかさず、俺に抱きついてくる。

俺は彼女を抱きとめて、そのままいっしょに横になった。

元々、この島での暮らしを気に入っていた俺だ。

あらためてこの島で生きることを決めたといっても、大きくなにかが変わったわけではない。

ただ、こういう日々がこれからも続いていくのだと思うと、とても幸せな気分になる。

ぎゅっとエリシエを抱きしめながら、本当にこの島に来てよかったと思う。

「ずっとこうしててね」

「ああ」

エリシエの言葉に頷いて、俺たちは抱き合ったまま意識を手放していく。

先祖に。そしてこの島の不思議な力に引き寄せられた俺の運命が、これからどうなっていくのかはまだ分からない。

俺以外の男が現れたって、おかしくはないのだから。

しかしそれでも、毎日続いていくこの島での生活は、きっといつまでも幸せなのだろう。

エリシエを強く抱き締めながら、俺はそれを確信していた。

エピローグ　続いていく日々

俺がこの島に流れ着いてから、数年が経過していた。

相変わらず、美女たちに囲まれての生活が当たり前の日々だ。

この島に来て、第二の人生を歩んでいる俺はとても幸せだった。

今日も三人が俺の元を訪れて、いっしょに夜を過ごしている。

「ほら、ルーカス、よしよし」

「うっ……」

俺は裸のエリシエ、シーラ、リズベットに囲まれている。

ベッドの上で寝そべった俺の元に、三人が思い思いに身を寄せてきていた。

「お兄ちゃん、もっと力抜いて……」

「そう言われても……」

「もちろん、ここは硬くしていいんですわよ」

「うおっ……」

裸の三人が俺を囲み、思い思いに身体に触れてきている。

まさに夢のような状態だった。

三人がそれぞれに、俺の身体にくっつき、手馴れた愛撫を行ってくる。

「んっ♥　あは、ふっ、ちゅっ……」

「ルーカスの顔、すっごいとろけてますわよ？」

「ふふっ、かわいい♥　私たちの身体、もっといっぱい感じてね♪」

肉棒はもちろん、陰嚢やお腹、乳首や耳まであちこちを撫で回され、舐め回され、快感を与えられていく。

「たくさん気持ち良くなってね」

「あむっ……あっ♥　おちんちん、ぴくって動いてますわ」

「れろぉっ♥　ん、好きだけぴゅっぴゅっしていいからね」

三人の美女に全身を愛撫され、俺は快感に飲まれていくのだった。

「こうやってお耳をマッサージしながら、おっぱいをお顔に、んっ……♥」

エリシエの爆乳が俺の顔をむにゅっと覆ってくる。

俺は時折その乳房を手で弄びながら、柔らかさを堪能していた。

「れろっ、ちゅっ……お兄ちゃんの乳首も、こうやって、ちろっ。さわってると反応するんだね。ほら、れろぉっ」

「くっ……」

シーラは乳首へと舌を這わせたり、おなかをさわさわとなで回したりしてきていた。

「ふふっ、おちんぽがぴくぴくしてますわ♥　ん、えいっ」

「おうっ、あぁ……」

リズベットが肉棒を挟み込んでパイズリをしてくる。

ふたり以上に直接的な刺激が、俺を高めていった。

三人が俺の隅々を、思いつくままに刺激してくる。

そのランダムな気持ち良さに浸っている間にも、彼女たちは愛撫を続けてくれた。

「こうやって三人でルーカスとするの、いいよね」

「お兄ちゃんもずいぶんお顔が、とろけちゃってるもんね」

「ふふっ、おちんぽもとろとろにしてあげますわ」

「あぁ……」

俺はたしかに、最高の気持ち良さに浸っている。

パイズリという直接的な行為をしているからか、この中では恥ずかしがりなリズベットが最もエロいというのも、なんだかすごくいい。

「れろっ……ちゅっ……」

「なでなで……よしよし」

他のふたりだって裸だし、それぞれが十分にエロいとはいえ、どちらかと言えば今日は癒やし寄りな愛撫の気がする。

「んしょっ……あっ♥　おちんぽがよろこんで、ぴくんってしましたわ……♥」

けれどリズベットはその大きなおっぱいでペニスを挟み、むにゅむにゅと擦り上げて精液を搾り取ろうとしている。

「うっ……んむっ」

「あんっ♥　ルーカスってば」

俺は顔の間近にあるおっぱいを楽しみながら、のんびりとしていた。

複数の女の子にされるがままというのも、なかなかにいいものだ。

「ぺろぺろっ……。ルーカスお兄ちゃんはおっぱい好きだもんね。ちゅっ♥　ちゅぅっ……それじゃわたしも、むにゅー♥」

シーラが俺の身体を舐めながら、胸を押し当ててくる。

むにゅんっと三人分のおっぱいを身体のあちこちで楽しめるのは、やはり興奮するな……。

母性の象徴ような癒し効果もある柔らかなおっぱいだが、パイズリ中ということもあり、男としての本能が反応してきてしまう。

「三人のおっぱいを同時に楽しむとか、ここじゃなきゃできませんものね♪」

「ああ、そうだな」

俺と同じ王国出身のリズベットに言われ、しっかり頷く。

故郷では一夫一妻のうえ、貴族は貞淑にという空気だったしな。

こんなふうに三人もの美女が裸で奉仕してくれるなんてことは、上位の貴族であってもあり得なかった。

「それじゃ、なおさらいっぱい楽しまないとね♪」

そう言いながら、エリシエがキスをしてくる。

「うんうん。わたしたち三人にあちこち気持ち良くされて、いっぱいぴゅっぴゅっしちゃおうね、お兄ちゃん♥」

「うぁっ……」

シーラがあちこちに口づけを落としながら、少しずつ下へと向かっていく。

「ん、しょっ。んっ♥」

リズベットは乳房を上下に揺らして、肉棒を刺激してくる。

「へへっ、お兄ちゃんのおちんちん、リズベットのおっぱいから先っぽが出たり埋もれたりしてるね。あむっ♥」

そう言うと、シーラは谷間から飛び出た肉竿の先端を咥えてきた。

「おうっ！」

亀頭が温かな口内に包まれ、カリ裏の辺りを唇がきゅっと挟んでいる。

「んむっ……ちゅっ……ふふっ、おちんちんの先っぽも、これで気持ちいいでしょ？」

「ああ……最高だよ」

素直に頷くと、シーラは姿勢を変えて俺の身体に跨がってきた。

そしてより肉棒へと刺激を与えてくる。

「あんっ♥　ちょっとシーラ、それは、んぅっ……！　そこで動かれると、わたくしのおっぱいまで、あぁっ……！」

シーラが本格的にフェラを始めると、パイズリ中のリズベットが甘い声を漏らしていく。

どうやら、シーラの動きがリズベットのおっぱいも刺激してしまっているらしい。

「あむっ、ちゅっ♥　ふふっ、こうするとリズももっと気持ちいい？」

「ひうっ♥　あっ、だめ、もうっ……♥　おっぱいいじるのだめですわっ……！　あ、ん、くぅっ、うぁっ♥」

「おうっ！　く、刺激が強いな」

「あはっ♪　でもほら、お兄ちゃんももっと気持ち良さそうだし♪」

シーラが手を出してリズベットのおっぱいを揉み始めたみたいで、パイズリの刺激も少し変わっていった。

よりむにゅむにゅと、挟んだ肉棒を刺激してくる。

さらには、シーラに感じさせられたリズベットが反応するのも俺に伝わってくる。

「ほらほらっ♥　れろっ、ちゅぅっ……」

「あんっ♥　や、あうっ……」

俺の肉棒をしゃぶりながら、リズベットの胸を揉んでいくシーラ。

するとエリシエも体勢を変えたので、その爆乳が離れてしまう。しかしそれで、俺の上に跨がっているシーラのおまんこが見えるようになった。

そのうるんだアソコに、エリシエの手が伸びてきた。

「あむっ、ちゅぅ♥　んむっ！」

「おうっ！」

エリシエの指がシーラのおまんこに軽く侵入したので、驚いたシーラが咥えていた肉棒を強く吸ってきた。

その刺激に思わず、俺までが声を出してしまう。

「エリシエ、いきなり、んむっ……」

「ふふっ。でも、シーラが感じてる反応で、ルーカスのおちんちんはもっと気持ち良くなってるみたいよ？」

「うぅっ、あ、んぁっ……♥」

先ほど同じことを言ってリズベットのおっぱいを悪戯した手前、それ以上は強く出られず、シーラはおまんこを弄られるままだ。

俺の身体の上で、三人の美女が互いのおっぱいやおまんこを弄り合うレズプレイをしているというのは、見ているだけでも楽しい。

チンポ自体はパイズリとフェラで刺激され続けているので、もちろん気持ちいい。

その上でこんな光景を見せられているのだから、興奮しないはずがなかった。

「あっ♥　ちゅぷっ……んっ……あっ、だめぇっ……んぅっ」

「シーラ、かわいい声が出ちゃってるよ？」

俺の視界には、シーラのおまんこがエリシエの指を咥え込んでいるところが見える。

一対一では見られない光景も、新鮮でいいものだ。

エリシエの細い指が、ぬぽぬぽとシーラの膣から出入りしていく。

そこからはねっとりとした愛液が、俺に垂れてくるのだった。

「んむっ、あ、うぅっ……」

「ひうっ♥ あ、ダメですわっ……あぅ、エリシエに気持ち良くされた仕返しを、わたくしにしないでくださ、んぁっ♥」

シーラもされるだけではなく、その分、リズベットのおっぱいを楽しんでいるみたいだ。

快楽によってパイズリのペースが乱れ、それが不規則な刺激となって俺に襲いかかってきた。

「あふっ♥ ん、あぁ……」

「だめぇっ……♥ あ、んぅっ……」

リズベットとシーラは与えられる快楽に身悶えながら、肉棒への奉仕を続けていく。

その刺激で俺もどんどんと追い詰められていった。

「シーラのおまんこ、すっごく吸いついてくるね。ほら、動かす度に……。これは確かに、おちんちんを入れたら気持ちいいのかも。ね、ルーカス？」

「ああ、とっても良いよ。シーラのおまんこは最高さ」

「うあぁっ♥ そんなの、ん、あぅっ♥」

エリシエに膣内をいじられながら、その締まり具合を話題に出されて恥ずかしがるシーラ。

けれどそれがより感じさせているようで、溢れてくる蜜の量も増えていくのだった。

「あぅ、エリシエ、んぁ、ああっ♥ ちゅうぅっ……わたしの中、そんなにぐちゅぐちゅいじっちやっ……あ、んぁっ♥」

「ひうっ、ちょっとシーラ、だから、んぁっ♥　乳首をつまむのはダメですわっ！　そこ、そんなに、ひうぅっ！」

「うく、ふたりとも、そろそろ……」

身悶えつつも愛撫を続けるふたりによって、俺も限界を迎えつつあった。

むしろ三人がかりで責められて、これだけエロい光景を見せられて、よく保ったほうだろう。

「ほら、ふたりとも、ルーカスがイキそうだって。頑張って♪」

「んはぁあっ、ちゅぶっ、そんなに、あっ♥　おまんこいじられたら、んぁっ、ちゃんと舐められないからぁっ♥」

「んはうぅぅっ♥　あ、ちょっと、そういうシーラも、あっ、だめですわっ……」

ふたりは快楽に身悶えながらも、パイズリとフェラをコンビで行っていく。

彼女たちの興奮が肉棒にも刺激として伝わり、俺は限界を迎えた。

「う、あぁ……出すぞ！」

びゅるるるっ、びゅく、びゅくくっ！

リズベットのおっぱいに肉棒を擦られ、絞られて、シーラの口内へと贅沢に射精した。

「んむっ♥　ん、ちゅぅっ……」

「あふっ、あぁ……おちんぽ、びくびく震えて、射精してますわ……♥」

「ふふっ、三人とも、すっごく気持ち良さそう♪」

俺は裸の美女に囲まれて、気持ち良く精液を放っていく。

「んっ、ごっくん♪」

「う、あぁ……そんなに吸うなって」

精液を飲み終えてシーラが口を離すと、リズベットもその豊満なおっぱいから肉棒を解放した。

「あぁ……すごくよかった」

俺は仰向けに倒れたまま、そう言った。

「それはよかったわね♪」

エリシエは嬉しそうに言って、シーラのおまんこから指を抜くと、俺に微笑みかけてきた。

俺はそんな彼女を見上げる。

すると、ひとりだけ余裕だったエリシエの後ろに、ふたりがぬっと現れた。

「それじゃあ次は……」

「エリシエの番ですわね」

「きゃっ、ふたりとも、あんっ♥」

そしてシーラとリズベットが、エリシエを押し倒して襲い始めるのだった。

「エリシエのおっぱい、一番大きいもんね」

そう言いながら、シーラがおっぱいを揉んでいく。

シーラの手が小さいため、おっぱいの大きさがより強調されるようだ。

むにゅむにゅとシーラの手で形を変える、エリシエの爆乳。

女の子同士の絡みは、やはりいい眺めだな。

「エリシエのここも、もの欲しそうにしてますわね」

「んぁっ♥ あ、リズベット、んぅっ……」

リズベットの細い指が、エリシエの割れ目をなで上げる。

ふたりに覆い被さられたエリシエは、色っぽい声をあげてされるがままだった。

「んぁ、あっ、シーラ、乳首、んぅっ！」

「この体勢だと、口も使えるからね、れろぉっ」

「んあぁっ♥」

シーラは舌先で乳首を転がし、もう片方の乳房を揉んで刺激している。

「クリトリスもぷっくりと膨らんで、触ってほしそうですわ」

「んあぁあっ♥ あ、だめ、同時は、んぅっ」

リズベットにクリトリスを愛撫されて、より大きな嬌声をあげていた。

俺は身を起こして、その様子を眺めることにする。

先ほど放ったばかりだったが、目の前でこんなエロい光景が繰り広げられれば、すぐにでも回復してしまう。

「んぁ、あっ、だめ、あぁ……」

「ちゅぷっ……♪ なんだか、こうして受け身なエリシエも珍しいよね」

「そうですわね、どちらかというと、先ほどのようにわたくしたちが責められることのほうが多いですし……」

そう言いながら、ふたりはエリシエの上半身と下半身をそれぞれに責めていく。

「エリシエのアソコ、すっごく欲しそうにしてますわね」

「んうぅっ！」

リズベットの繊細な指がエリシエの膣内に忍び込み、その内側をかき回していく。

「あ、んぁっ♥」

「ほらほら、こっちももっと感じてね。ちゅぅっ！」

「んくぅっ！　あっ、んぁっ……！」

ふたりがかりで責められているエリシエは、かわいらしい声をあげながら、されるがままになっていた。

「んぅっ、あ、あぁ……♥」

「ね、ルーカス、もう元気になってるでしょう？」

「ああ……もちろん」

こちらを振り向いたリズベットに俺は頷いた。

「それじゃあ、ね？」

そして彼女は、エリシエのおまんこから指を引き抜くと、自らは横にずれた。

俺はそのまま、エリシエの足の間へと移動する。

「あふっ、ん、あぁっ……！」

シーラにおっぱいを責められているエリシエは、体勢的に視界が遮られているので、俺に気付いていないみたいだ。

俺はそんな彼女の膣口へと肉棒を当ててみた。

「んぁ♥　あ、これっ……ルーカスのおちんちん、来てる……」

「よくわかったな」

慣れ親しんだモノだからなのか、彼女は入り口に当たっただけで、その正体がわかったらしい。

俺はそのまま、肉棒を蜜壺へと沈めていく。

「んぁ、あっ♥　あぁぁっ……！　おちんちん、入ってきてる……」

ぬぷぬぷとおまんこに侵入していくペニス。

肉竿を迎え入れたことで、襞の一枚一枚が喜んで震えているのが伝わってきた。

「れろっ、ちゅぅっ……♥　おちんちん入れられてる間も、しっかりとおっぱい責めてあげるね？　ちゅぱっ」

「んくぅっ、あっ、同時は、ん、あぁ……！」

そんなエリシエの抗議を聞きながらも、俺は腰を動かし始めた。

もうすっかり濡れている膣内を、いきなり勢いよく往復していく。

「あっ♥　んぁ、あっ、ルーカス、んぅっ！」

「わたしも忘れないでね、ちゅぅっ」

「んくぅっ♥」

シーラに乳首を愛撫されて、エリシエが大きな嬌声をあげはじめる。

俺は腰を動かしながら、その様子もしっかり眺めていった。

「あふっ、んぁ、おちんちんに奥……突かれながら、あうっ、おっぱいいじられるの、んぅっ、あっ、だめぇっ♥　感じすぎる……からぁ」

「それじゃわたくしも、ここを……」

しかし、そう言ってリズベットがさらに、肉棒を咥え込んだおまんこへと手を伸ばしていく。

俺がピストンを行っている少し上、クリトリスへと指を這わせたようだ。

「ひくぅっ！　んぁ、あああああぁっ！」

既に膣内を突かれ、大きなおっぱいをいじられているところに、敏感なクリトリスまで刺激されたエリシエが、一段高い声をあげた。

「んぁっ♥　あっ、だめぇっ♥　それ、三カ所はホントに、んぁ、あっ！　ひぅっ、あっあっ♥　んあぁぁぁ！」

三人での同時責めに、エリシエが身悶えていく。

「ひぅっ、あっ♥　らめ、イクッ！　あ、んあぁぁぁっ！　はっ、あっ、ん、くぅっ、あっ、イクイクッ！」

「あぁ……エリシエ、すっごい顔になっちゃってる……」

シーラが楽しそうに言いながら、さらに胸を責めていった。

「普段とは違うエリシエの姿、とてもえっちですわね」

リズベットも同意しながら、クリトリスをいじっていた。

「おちんぽの中をいっぱい突かれながら、乳首とクリトリスを責められて……きっとすごい快楽なのでしょうね」

「あ、んぁっ♥ あ、あっ、だめ、あ、んあぁぁぁっ！」

「くっ、確かに、締まりもすごいしな……」

快楽に溺れて乱れていくエリシエの膣内は、熱くうねりながら肉棒を締めつけてくる。

快楽に浸りきったメスの本能が、子種を求めて吸いついてきていた。

「あっあっ♥ らめ、んぁっ、イクッ！ あ、んぁぁっ、くぅ、んぁっ！ イクイク、イックゥゥウウッ！」

びくんと大きく身体を跳ねさせながら、エリシエが絶頂する。

「ぐっ、あぁ……」

その強い締めつけを受けながらも、俺はラストスパートで激しく腰を振っていった。

蠕動する膣襞が肉棒をきつく締めつけてきても、負けじと押し返す。射精を促してくる膣内の動きは、最高に気持ちが良い。

その襞を存分に擦りあげながら、俺もフィニッシュへと高まっていった。

「んはぁぁっ♥ あ、ああっ、待って、んぁ、みんな、んぅ！ イってる、イってるからぁっ♥ あっあっ♥」

エリシエは三人からの責めに、いつも以上にはしたない声をあげていく。

「ぐっ、あっ、出るぞっ……！　エリシエ！」

最初の波が去る前に、新たな快楽の波に翻弄されて溺れていくエリシエの膣内に俺は射精した。

「んはぁぁぁっ♥　あっ、あぁ……♥」

新たな刺激と中出し精液で、エリシエは連続絶頂を迎えているようだった。

「くっ、うっ……」

貪欲な連続イキおまんこが、もっともっとおねだりするように肉棒を絞り上げてくる。

俺はそんな膣襞にしっかりと咥え込まれて、精液を吸い上げられてしまう。

「あぅっ♥　あっ、らめっ……♥　んぁ、あぁ……」

ふたりが手を緩めた後も、エリシエは恍惚のまま声を漏らしている。

「くっ、エリシエ……」

俺は射精を終えて肉棒を引き抜こうとするものの、まだまだ快楽の余韻に震えるおまんこは、がっちりと咥え込んで放してくれない。

「あふっ、あ、あぁ……♥」

ようやく少し膣圧が抜けたところで、俺はなんとか肉棒を引き抜いた。

亀頭が強引に擦れることで、射精直後の肉竿には強すぎる刺激を受ける。

「ふぅ……」

なんとかひと心地ついてから、三人に責められてまだ落ち着いていないエリシエを眺めた。

普段以上にエロいその姿は、二度出した直後でなければすぐにでも襲いかかってしまいたいほどだった。

「三人に責められるのって、やっぱりすごいんですわね……♥」

嬉々としてクリトリスを責めていたリズベットが、うっとりと呟く。

今度のときは、控えめな彼女を皆で責めてみるのも、いいかもしれないな。

「さすがにちょっとやり過ぎちゃったかな……お兄ちゃんも疲れてるみたいだし」

「まあ、大丈夫さ。俺は嬉しかったよ」

「よかった！　それじゃ、今日はもう寝ようか」

そう言いながら、シーラはまだ息を整えているエリシエの身支度を手伝っていく。

そしてしばらくは一休みして。

俺たちは、密着していっしょにベッドへと横たわる。

さすがに四人で寝るのは少し狭いし、彼女たちの身体がむぎゅむぎゅと当たる。

普通なら興奮してしまうところだが、無理をしなくても、いつでもまたできるしな。

俺はこれからもずっと、この島でみんなと暮らしていくんだ。

その幸せを噛みしめながら、三人の美女に囲まれて俺は眠りにおちていく……。


この不思議な島は、ずっと語り継がれる宝島だった。

ハミルトン家が必死に探しても、決して見つかることのなかった島だ。

でも、ほんとうにそうなんだろうか？

俺の前のご先祖様も、もしかしたらこの島の力に導かれ、辿り着いていたのではないかと……。

今ではそんな気もしているのだった。

決して語り継がれることのない。自然で朗らかな、ごく普通の毎日。

そんな幸福を、俺以外の誰かも味わったのかも知れない。

そして男たちは決して宝には手をつけず、ひっそりと暮らすことを選んだのだ。

これからもハミルトンの家には、だからこの習わしはずっと残っていくに違いない。

そしていつか。運が良ければまたこの島に、誰かが辿り着く。

彼が見つけるものは、金貨や宝石だけではないだろう。

俺のように。

もっともっと、ずっと大切なものに出会って、そして幸福のなかで生きていくのだ。

それこそが、この宝島の本当の価値なんだと、そんなことを思うのだった。

あとがき

みなさま、ごきげんよう。愛内なのです。

賑やかな都会を離れてのんびりと過ごしたいなと思いつつ、なかなか実際にはそうもいきませんよね。そんなわけで今回は、流れ着いた穏やかな島で美女たちと過ごすお話です。

ファンタジー世界の貴族に転生したものの、平和であるが故、内部での見栄や貞淑さを求められる貴族社会。

そんな暮らしを送っていた中、旅の途中で船が難破します。

たどり着いたのは、美女ばかりの楽園⁉　男がいないため、興味津々な美女たちに囲まれ、歓迎されることに。

帰る手段がないのも幸い、とばかりにそのまま島でヒロインに囲まれるイチャラブな暮らしになっていきます。


ヒロインは三人。

流れ着いた主人公を助けてくれた、優しくて世話好きのお姉さんエリシエ。

主人公の面倒を見てくれる彼女ですが、初めてみる男性に興味津々で、もちろんエッチなことにも積極的。

甘やかして癒やしてくれるお姉さんはやっぱりいいですよね。

次に、元気で妹系な島の少女シーラ。

主人公をお兄ちゃんと呼んで慕ってくれる女の子です。

無邪気で明るい彼女ですが、女性だけの島で育ったこともあり、やっぱり男性やエッチなことにも興味が尽きないお年頃です。

最後のヒロインは同じ貴族の令嬢リズベット。

主人公と同じく島に流されてきた彼女は、同じ国の出身である主人公を頼ります。島での生活を楽しく感じ始めるのと同時に、主人公に惹かれていきます。

流れ着いた美女だらけの楽園で、三人のヒロインとのイチャイチャハーレムを、どうぞお楽しみください。


挿絵の「218」さん。ご協力、本当にありがとうございます。

ヒロイン三人を元気いっぱいに描いていただけて嬉しいです。

特に三人に囲まれて愛撫されているところは、全身を包み込まれる様子や三人分の身体を楽しめる豪華感、さらに魅力的な表情まで楽しめてとても素敵でした！

またぜひ、機会がありましたらよろしくお願いいたします！


それでは、次回も、もっとエッチにがんばりますので、別作品でまたお会いいたしましょう。

バイバイ！

二〇二〇年五月　愛内なの

キングノベルス

転生《てんせい》貴族《きぞく》がＳＳＳ《エスエスエス》な宝島《たからじま》を楽園開拓《らくえんかいたく》！
～女《おんな》だらけのこの場所《ばしょ》で第二《だいに》の人生《じんせい》はじめます!?～

2020年 6月 26日　初版第１刷 発行

■著　　者　愛内なの
■イラスト　218

発行人：久保田裕
発行元：株式会社パラダイム
〒166-0004
東京都杉並区阿佐谷南1-36-4
三幸ビル4A
TEL 03-5306-6921
印刷所：中央精版印刷株式会社

KN079

幸運男と寂しい女神？
縁を結べば、美女と
いっぱい繋がれます♥
KiNG novels
幸運パワーでハーレム作りつつ
異世界ライフを送ります
転生したけど
女神の加護を受け過ぎて
「運：9999」
になりました。
愛内なの
Nano Aiuchi
illust: ifo
勇者でもなんでもないが、女神の力を受け取ったことで最高の幸運力を手にした修一。凶暴な魔獣も、凶悪な刺客たちも、偶然巻き起こる不測の事態には為す術なし！ほんわか女神セレスと頼れる剣士リエーラ、お嬢様カリンに囲まれて、幸運パワーで犯罪組織に立ち向かう⁉